俞平伯散文精选集

俞平伯　著

桨声灯影，
雪后湖山

Yu Pingbo's
Prose Collection

中国出版集团　现代出版社

图书在版编目（CIP）数据

桨声灯影，雪后湖山：俞平伯散文精选集 / 俞平伯
著 . -- 北京：现代出版社，2021.3
ISBN 978-7-5143-9076-6

Ⅰ . ①桨… Ⅱ . ①俞… Ⅲ . ①散文集 – 中国 – 当代
Ⅳ . ①I267

中国版本图书馆CIP数据核字(2021)第040835号

桨声灯影，雪后湖山：俞平伯散文精选集

著　　者	俞平伯
责任编辑	刘全银
出版发行	现代出版社
地　　址	北京市安定门外安华里504号
邮政编码	100011
电　　话	(010) 64267325
传　　真	(010) 64245264
网　　址	www.1980xd.com
电子邮箱	xiandai@vip.sina.com
印　　刷	北京盛通印刷股份有限公司
开　　本	880 mm×1230 mm　1/32
印　　张	7.5
字　　数	151千字
版　　次	2021年7月第1版　2021年7月第1次印刷
书　　号	ISBN 978-7-5143-9076-6
定　　价	45.00元

目 录

辑一

江南的往事，一场一场

雪晚归船

日来北京骤冷，谈谈雪罢。怪腻人的，不知怎么总说起江南来。江南的往事可真多，短梦似的一场一场在心上跑着；日子久了，方圆的轮廓渐磨钝了，写来倒反方便些，应了岂明君的"就是要加减两笔也不要紧"这句话。我近来真懒得可以，懒得笔都拿不起，拿起来费劲，放下却很"豪燥"的。依普通说法，似应当是才尽，但我压根儿未见得有才哩。

淡淡的说，疏疏的说，不论您是否过瘾，凡懒人总该欢喜的是那一年上，您还记得否？您家湖上的新居落成未久。它正对三台山，旁见圣湖一角。曾于这楼廊上一度看雪，雪景如何的好，似在当时也未留下深沉的影像，现在追想更觉茫然。——无非是面粉盐花之流罢，即使于才媛嘴里依然是柳絮。

然而H君快意于他的新居，更喜欢同着儿女们游山玩水，于是我们遂从"杭州城内"剪湖水而西了。于雪中，于明敞的楼头凝眸暂对，却也尽多佳处。皎洁的雪，森秀的山，并不曾辜负我们来时的一团高兴。且日常见惯的峦姿，一被积雪覆着，蓦地添出多少层叠来，宛然新生的境界，仿佛将完工的画又加上几笔皴染似的。记得那时H君就这般说。

静趣最难形容，回忆中的静趣每不自主的杂以凄清，更加难说了。而且您必不会忘记，我几时对着雪里的湖山，悄然神往呢。我从来不曾如此伟大过一回，真人面前不说谎。团雪为球，掷得一塌糊涂倒是真的，有同嬉的L为证。

　　以掷雪而L败，败而袜湿，等袜子烤干，天已黑下来，于是回家。如此的清游可发一笑罢？瞧瞧今古名流的游记上有这般写着的吗？没有过！——惟其如此，我才敢大大方方的写，否则马上搁笔，"您另请高明！"

　　毕竟那晚的归舟是难忘的。因天雨雪，丢却悠然的双桨，讨了一只大船。大家伙儿上船之后，它便扭扭搭搭晃荡起来。雪早已不下，尖风却澌澌的，人躲在舱里。天又黑得真快，灰白的雪容，一转眼铁灰色了，雪后的湖浪沉沉，拍船头间歇地汩然而响。旗下营的遥灯渐映眼朦胧黄了。那时中舱的板桌上初点起一支短短的白烛来。烛焰打着颤，以船儿的欹倾，更摇摇无所主，似微薄而将向尽了。我们都拥着一大堆的寒色，悄悄地趁残烛而觅归。那时似乎没有说什么话，即有三两句零星的话，谁还记得清呢。大家这般草草的回去了。

桨声灯影里的秦淮河

我们消受得秦淮河上的灯影，当圆月犹皎的仲夏之夜。

在茶店里吃了一盘豆腐干丝，两个烧饼之后，以歪歪的脚步踅上夫子庙前停泊着的画舫，就懒洋洋躺到藤椅上去了。好郁蒸的江南，傍晚也还是热的。"快开船罢！"桨声响了。

小的灯舫初次在河中荡漾；于我，情景是颇朦胧，滋味是怪羞涩的。我要错认它作七里的山塘，可是，河房里明窗洞启，映着玲珑入画的曲栏杆，顿然省得身在何处了。佩弦呢，他已是重来，很应当消释一些迷惘的。但看他太频繁地摇着我的黑纸扇。胖子是这个样怯热的吗？

又早是夕阳西下，河上妆成一抹胭脂的薄媚。是被青溪的姊妹们所熏染的吗？还是匀得她们脸上的残脂呢？寂寂的河水，随双桨打它，终是没言语。密匝匝的绮恨逐老去的年华，已都如蜜饧似的融在流波的心窝里，连呜咽也将嫌它多事，更那里论到哀嘶。心头，宛转的凄怀；口内，徘徊的低唱；留在夜夜的秦淮河上。

在利涉桥边买了一匣烟，荡过东关头，渐荡出大中桥了。船儿悄悄地穿出连环着的三个壮阔的涵洞，青溪夏夜的韶华已如巨幅的画豁然而抖落。哦！凄厉而繁的弦索，颤岔而涩的歌喉，杂着吓哈的笑语声,劈啪的竹牌响,更能把诸楼船上的华灯彩绘,显出火样的鲜明,火样的温煦了。小船儿载着我们,在大船缝里挤着,挨着,抹着走。它忘了自己也是今宵河上的一星灯火。

　　既踏进所谓"六朝金粉气"的销金锅,谁不笑笑呢! 今天的一晚,且默了滔滔的言说,且舒了恻恻的情怀,暂且学着,姑且学着我们平时认为在醉里梦里的他们的憨痴笑语。看! 初上的灯儿们一点点掠剪柔腻的波心,梭织地往来,把河水都皴得微明了。纸薄的心旌,我的,尽无休息地跟着它们飘荡,以至于怦怦而内热。这还好说什么的! 如此说,诱惑是诚然有的,且于我已留下不易磨灭的印记。至于对榻的那一位先生,自认曾经一度摆脱了纠缠的他,其辩解又在何处,这实在非我所知。

　　我们,醉不以涩味的酒,以微漾着、轻晕着的夜的风华。不是什么欣悦,不是什么慰藉,只感到一种怪陌生、怪异样的朦胧。朦胧之中似乎胎孕着一个如花的笑——这么淡,那么淡的倩笑。淡到已不可说,已不可拟,且已不可想;但我们终究是眩晕在它离合的神光之下的。我们没法使人信它是有,我们不信它是没有。勉强哲学地说,这或近于佛家的所谓"空",既不当鲁莽说它是"无",也不能径直说它是"有",或者说"有"是有的,只因无可比拟形容那"有"的光景;故从表面看,与"没有"似不生分别。若定要我再说得具体些:譬如东风初劲时,直上高翔的纸鸢,牵线的那人儿自然远得很了,知她是那一家呢? 但凭那鸢尾一缕飘绵的彩线,便容易揣知下面的人寰中,必有微红的一双素手,卷起轻绡的广袖,牢担荷小纸鸢儿的命根的。飘翔岂不是东风的力，又岂不是纸鸢的含德，但其根株却将另有所寄。请问，这和纸鸢的省悟与否有何关系？故我们不能认笑是非有，也不能认朦胧即是笑。我们定应当如此说，朦胧里胎孕着一个如花的幻笑。和朦胧又相互混融着的，因它本来是淡极了，淡极了这么一个。

漫题那些纷烦的话，船儿已将泊在灯火的丛中去了。对岸有盏跳动的汽油灯，佩弦便硬说它远不如微黄的灯火。我简直没法和他分证那是非。

时有小小的艇子急忙忙打桨，向灯影的密流里横冲直撞。冷静孤独的油灯映见黯淡久的画船头上，秦淮河姑娘们的靓妆。茉莉的香，白兰花的香，脂粉的香，纱衣裳的香……微波泛滥出甜的暗香，随着她们那些船儿荡，随着我们这船儿荡，随着大大小小一切的船儿荡。有的互相笑语，有的默然不响，有的衬着胡琴亮着嗓子唱。一个，三两个，五六七个，比肩坐在船头的两旁，也无非多添些淡薄的影儿葬在我们的心上——太过火了，不至于罢，早消失在我们的眼皮上。谁都是这样急忙忙的打着桨，谁都是这样向灯影的密流里冲着撞；又何况久沉沦的她们，又何况飘泊惯的我们俩。当时浅浅的醉，今朝空空的惆怅；老实说，咱们萍泛的绮思不过如此而已，至多也不过如此而已。你且别讲，你且别想！这无非是梦中的电光，这无非是无明的幻相，这无非是以零星的火种微炎在大欲的根苗上。扮戏的咱们，散了场一个样，然而，上场锣，下场锣，天天忙，人人忙。看！吓！载送女郎的艇子才过去，货郎担的小船不是又来了？一盏小煤油灯，一舱的什物，他也忙得来像手里的摇铃，这样叮冬而郎当。

杨枝绿影下有条华灯璀璨的彩舫在那边停泊。我们那船不禁也依傍短柳的腰肢，欹侧地歇了。游客们的大船，歌女们的艇子，靠着。唱的拉着嗓子；听的歪着头，斜着眼，有的甚至于跳过她们的船头。如那时有严重些的声音，必然说："这那里是什么旖旎风光！"咱们真是不知道，只模糊地觉着在秦淮河船上板起方正的脸是怪不好意思的。咱们本是在旅馆里，为什么不早早入睡，掂着牙儿，领略那"卧后清宵细细长"，而偏这样急急忙忙跑到河上来无聊浪荡？

还说那时的话，从杨柳枝的乱鬓里所得的境界，照规矩，外带三分风华的。况且今宵此地，动荡着有灯火的明姿。况且今宵此地，又是圆月欲缺未缺，欲上未上的黄昏时候。叮当的小锣，伊轧的胡琴，沉填的大鼓……弦吹声腾沸遍了三里的秦淮河。喧喧嚷嚷的一片，分不出谁是谁，分不出那儿是那儿，只有整个的繁喧来把我们包填。仿佛都抢着说笑，这儿夜夜尽是如此的，不过初上城的乡下老是第一次呢。真是乡下人，真是第一次。

穿花蝴蝶样的小艇子多到不和我们相干。货郎担式的船，曾以一瓶汽水之故而拢近来，这是真的。至于她们呢，即使偶然灯影相偎而切掠过去，也无非瞧见我们微红的脸罢了，不见得有什么别的。可是夸口早哩！——来了，竟向我们来了！不但是近，且拢着了。船头傍着，船尾也傍着；这不但是拢着，且并着了。厮并着倒还不很要紧，且有人扑冬地跨上我们的船头了。这岂不大吃一惊！幸而来的不是姑娘们，还好。（她们正冷冰冰地在那船头上。）来人年纪并不大，神气倒怪狡猾，把一扣破烂的手折，摊在我们眼前，让细瞧那些戏目，好好儿点个唱。他说："先生，这是小意思。"诸君，读者，怎么办？

好，自命为超然派的来看榜样！两船挨着，灯光愈皎，见佩弦的脸又红起来了。那时的我是否也这样？这当转问他。（我希望我的镜子不要过于给我下不去。）老是红着脸终究不能打发人家走路的，所以想个法子在当时是很必要。说来也好笑，我的老调是一味的默，或干脆说个"不"，或者摇摇头，摆摆手表示"决不"。如今都已使尽了。佩弦便进了一步，他嫌我的方术太冷漠了，又未必中用，摆脱纠缠的正当道路惟有辩解。好吗！听他说："你不知道？这事我们是不能做的。"这是诸辩解中最简洁，最漂亮的一个。可惜他所说的"不知道？"来人倒算有些"不知道！"辜负了这二十分聪明的反语。他想得有理由，你们为什么不能做这事呢？因这"为什么？"佩弦又有进一层的曲解。那知道更坏事，竟只博得那些船上人的一哂而去。他们平常虽不以聪明名家，但今晚却又怪聪明，如洞彻我们的肺肝一样的。这故事即我情愿讲给诸君听，怕有人未必愿意哩。"算了罢，就是这样算了罢。"恕我不再写下了，以外的让他自己说。

叙述只是如此，其实那时连翩而来的，我记得至少也有三五次。我们把它们一个一个的打发走路。但走的是走了，来的还正来。我们可以使它们走，我们不能禁止它们来。我们虽不轻被摇撼，但已有一点杌陧了。况且小艇上总载去一半的失望和一半的轻蔑，在桨声里仿佛狠狠地说，"都是呆子，都是吝啬鬼！"还有我们的船家（姑娘们卖个唱，他可以赚几个子的佣金。）眼看她们一个一个的去远了，呆呆的蹲踞着，怪无聊赖似的。碰着了这种外缘，无怒亦无哀，惟有一种情意的紧张，使我们从颓弛中体会出挣扎来。这味道倒许很真切，只恐怕不易为倦鸦似的人们所喜。

曾游过秦淮河的到底乖些。佩弦告船家："我们多给你酒钱，把船摇开，别让他们来啰唆。"自此以后，桨声复响，还我以平静了，我们俩又渐渐无拘无束舒服起来，又滔滔不断地来谈谈方才的经过。今儿是算怎么一回事？我们齐声说，欲的胎动无可疑的。正如水见波痕轻婉已极，与未波时究不相类。微醉的我们，洪醉的他们，深浅虽不同，却同为一醉。接着来了第二问，既自认有欲的微炎，为什么艇子来时又羞涩地躲了呢？在这儿，答语参差着。佩弦说他的是一种暗昧的道德意味，我说是一种似较深沉的眷爱。我只背诵岂君的几句诗给佩弦听，望他曲喻我的心胸。可恨他今天似乎有些发钝，反而追着问我。

前面已是复成桥。青溪之东，暗碧的树梢上面微耀着一桁的清光。我们的船就缚在枯柳桩边待月。其时河心里晃荡着的，河岸头歇泊着的各式灯船，望去，少说点也有十廿来只。惟不觉繁喧，只添我们以幽甜。虽同是灯船，虽同是秦淮，虽同是我们；却是灯影淡了，河水静了，我们倦了，——况且月儿将上了。灯影里的昏黄，和月下灯影里的昏黄原是不相似的，又何况入倦的眼中所见的昏黄呢。灯光所以映她的秾姿，月华所以洗她的秀骨，以蓬腾的心焰跳舞她的盛年，以饧涩的眼波供养她的迟暮。必如此，才会有圆足的醉，圆足的恋，圆足的颓弛，成熟了我们的心田。

犹未下弦，一丸鹅蛋似的月，被纤柔的云丝们簇拥上了一碧的遥天。冉冉地行来，冷冷地照着秦淮。我们已打桨而徐归了。归途的感念，这一个黄昏里，心和境的交萦互染，其繁密殊超我们的言说。主心主物的哲思，依我外行人看，实在把事情说得太嫌简单，太嫌容易，太嫌分明了。实有的只是浑然之感。就论这一次秦淮夜泛罢，从来处来，从去处去，分析其间的成因自然亦是可能；不过求得圆满足尽的解析，使片段的因子们合拢来代替刹那间所体验的实有，这个我觉得有点不可能，至少于现在的我们是如此的。凡上所叙，请读者们只看作我归来后，回忆中所偶然留下的千百分之一二，微薄的残影，若所谓"当时之感"，我决不敢望诸君能在此中窥得。即我自己虽正在这儿执笔构思，实在也无从重新体验出那时的情景。说老实话，我所有的只是忆。我告诸君的只是忆中的秦淮夜泛。至于说到那"当时之感"，这应当去请教当时的我。而他久飞升了，无所存在。

……

凉月凉风之下，我们背着秦淮河走去，悄默是当然的事了。如回头，河中的繁灯想定是依然。我们却早已走得远，"灯火未阑人散"；佩弦，诸君，我记得这就是在南京四日的酣嬉，将分手时的前夜。

1933年8月22日，北京

打橘子

陶庵说:"越中清馋无过余者,喜啖方物。"其中有一种是塘栖蜜橘。(见《梦忆》卷四)这种橘子我小时候常常吃,我的祖母她是塘栖人。橘以蜜名却不似蜜,也不因为甜如蜜一般我才喜欢它。或者在明朝,橘子确是甜得可以的,或者今日在塘栖吃"树头鲜",也甜得不含糊的,但是我都不曾尝着过。我所记得,只是那个样子的:

橘子小到和孩子的拳头仿佛,恰好握在小手里,皮极薄,色明黄,形微扁,有的偶带小蒂和一两瓣的绿叶,瓤嫩筋细,水分极多,到嘴有一种柔和的清新的味儿。所不满意的还是"不甜",这或者由于我太喜欢吃甜的缘故罢。

小时候吃的蜜橘都是成篓成筐的装着,瞪眼伸嘴地白吃。比较这儿所说杭州的往事已不免有点异样,若再以今日追溯从前,真好比换过一世界了。

城头巷三号的主人朱老太爷,大概也是个喜欢吃橘子的,那边便种了七八棵十来棵的橘子树。其种类却非塘栖,乃所谓黄岩也。本来杭州市上所常见的正是"黄岩蜜橘"。但据K君说,城头巷三号的橘子一种是黄岩而其他则否,是一是二我不能省忆而辨之,还该质之朱老太爷乎?

从橘树分栽两处看来，K君的话不是全无根据的。其一在对着我们饭厅的方天井里。长方形的天井铺以石板，靠东墙橘树一行，东北两面露台绕之。树梢约齐台上的栏杆，我们于此伸开臂膊正碰着它。这天井里，也曾经打棍子，踢小皮球，竹竿拔河，追黄猫……可惜自来嬉戏总不曾留下些些的痕迹，尽管在我心头每有难言的惘惘，尽管在他们几个人的心上许有若干程度相似的怀感。后之来者只看见方方正正的石板天井而已，更何尝有什么温软的梦痕也哉！

另一处在花园亭子的尽北犄角上，太湖山石边，似不如方天井的那么多，那边有一排，这儿只几株橘子而已。地方又较偏僻，不如那边的位居冲要易动垂涎，所以著名之程度略减。可是亭子边也不是稀见我们的脚迹的，曾在其间攻关，保唐僧，打水炮，还要扔白菜皮。据说晾着预备腌的菜，有一年特别好吃，尽是白菜心，所以然者何？乃其边皮都被我们当了兵器耳。

这两处的橘子诚未必都是黄岩，在今日姑以黄岩论，我只记得黄岩而已。说得老实点，何谓黄岩也有点记它不真了，只是小橘子而已。小橘子啊，小橘子啊，再是一个小橘子啊。

黄岩橘的皮麻麻札札的蛮结实，不像塘栖的那么光溜那么松软，吃在嘴里酸浸浸更加不像蜜糖了。同住的姑娘先生们都有点果子癖，不论好歹只是吃。我却不然，虽橘子在诸果实中我最喜欢吃，也还是比他们不上，也还是不行。这也有点可气，倒不如干脆写我的"打橘子"，至于吃来啥味道，我不说！——活像我从来没吃过橘子似的。

当已凄清尚未寒冽的深秋，树头橘实渐渐黄了。这一半黄的橘子，便是在那边贴标语"快来吃"。我们拿着细竹竿去打橘子，仰着头在绿荫里希里霍六一阵，扑秃扑秃的已有两三个下来了。红的，黄的，红黄的，青的，一半青一半黄的，大的，小的，微圆的，甚扁的，带叶儿的，带把儿的，什么不带的，一跌就破的，跌而不破的，全都有，全都有，好的时候分来吃，不好的时候抢来吃，再不然夺来吃。抢，抢自地下，夺，夺自手中，故吃橘而夺，夺斯下矣。有时自己没去打，看见别人手里忽然有了橘子，走过去不问情由地说声"我吃"！分他个半只，甚而至于几瓣也是好的，这是讨来吃。

说得起劲，早已忘了那平台了。不是说过小平台栏杆外，护以橘叶吗？然则谁要吃橘子伸手可矣，似乎当说抓橘子才对，夫何打之有？"然而不然"。无论如何，花园畸角的橘子总非一击不可。即以方天井而论，亦只紧靠栏杆的几枝可采，稍远就够不着，愈远愈够不着了。况且近栏杆的橘子总是寥落可怜，其原因不明。大概有人"近水楼台先得月"了，相传如此。

打橘有道，轻则不掉，重则要破。有时候明明打下来了，却不知落在何方，或者仍在树的枝叶间，如此之类弄得我们伸伸头毛毛腰，上边寻下边找，虽觉麻烦，亦可笑乐。若只举竿一击，便永远恰好落在手底心里，岂不也有点无聊吗！

然而用竿子打，究竟太不准确。往往看去很分明地一只通红的橘子在一不高不矮的所在，但竿子打去偏偏不是，再打依然不是，橘叶倒狼藉满地，必狂捣一阵而后掉下来。掉下来的又必是破破烂烂的家伙，与我们的通通红的小橘子的期待已差得太多。不知谁想的好法子,在竿梢绕一长长的铅丝圈,只要看得准,捏得稳,兜住它往下一拉,要吃那个橘子便准有那个橘子可吃,从心之所欲,按图而索骥,不至于殃及池鱼,张冠李戴了。但是拉来吃,每每会连枝带叶地下来,对于橘子树未免有点说不过去哩。

有这么多的吃法,你们不要以为那儿的橘子尽被我们几个人吃完了。鸟雀们先吃,劳工们再吃,等我们来抓来拉,已经是残羹冷炙了。所以铺张其词来耽误读者救国的工夫,自己也觉得不很讨俏,脸上无光。但是恕我更不客气地说,这儿所记的往事只为着与它有缘的人写的,并不想会有这种好运气可夹入革命文学的队伍。若万一有人居然从这蹩脚的文词里猜着了梦呓的心一分二分,甚而至于还觉着"这也有点味儿",这于我不消说是"意表之外"的收获。其在天之涯乎? 其在海之角乎? 咫尺之间乎? 又谁能知道!

老实说,打橘子及其前后这一段短短的生涯,恰是我的青春的潮热和儿童味的错综,一面儿时的心境隐约地回旋,却又杂以无可奈何的凄清之感。惟其如此,不得不郑重叮咛地致我的敝帚千金之爱惜,即使世间回响寂寞已万分。

拉拉扯扯吃着橘子,不知不觉地过了两三个年头,我自己南北东西的跑来跑去,更觉过得好快,快得莫名。移住湖楼不多久,几年苟且安居的江浙老百姓在黄渡浏河间开始听见炮声了。城头巷三号之屋我们去后,房主人又不来,听它空关着。六一泉的几十局象棋,雷峰塔的几卷残经,不但轻轻容易地把残夏消磨个干净,即秋容也渐渐老大了。只听得杭州城内纷纷搬家到上海,天气渐冷,游人顿稀，湖山寂寂都困着觉。一天，我进城去偶过旧居，信步徘徊而入，看门的老儿，大家叫他"老太公"的，居然还认得我。正房一带都已封锁，只从花园里蹑进去，亭台池馆荒落不必说，只隔得半年已经有点陌生了。还走上楼梯，转过平台，看对面的高楼偏南的上房都是我住过的，窗户紧闭着。眼下觉得怪熟的，满树离离的红橘子。

再打它一两个罢！但是竹竿呢，铅丝呢？况且方天井虽近在眼底，但通那边的门儿深锁，橘子即打下也没处去找。我踌躇四顾，除了跟着来的老迈龙钟的老太公，便是我自己的影子，觉得一无可说的。歇了一歇，走近栏杆，勉强够着了一只橘子，捏在手中低头一看，红圆可爱，还带着小小的翠叶短短的把。我揣着它，照样慢慢的蹀出来，回到俞楼，好好的摆在书桌上。

原来满抵桩带回来给大家看，给大家讲的，可是H君其时已病了，他始终没有看见这一只橘子。匆忙凄苦之间，更有谁来慢慢的听我那《寻梦》的曲儿呢。该橘子久查无下落，大概是被我一人吃了，也只当是丢了吧。城头巷三号之屋我从此也没有再去过了。

到北京又是四年，江南的丹橘应该长得更大了。打橘子的人当然也是一样，各人奔着各人的道儿，都忙忙碌碌地赶着中年的生活去，不知道还想得起这回事吗？如果真想得起，又想出些什么来呢？若说我自己，于几天懒睡之后，总算写了这一篇，自己看看实在也看不出所以然来，也只好就这样麻麻胡胡的交了卷。

1928年7月13日，北京

城　战

　　读延陵君的《巡回陈列馆》以后（文载《我们的六月》），那三等车厢中的滋味，垂垂的压到我睫下了。在江南，且在江南的夜中，那不知厌倦的火车驮着一大群跌跌撞撞的三等客人归向何处呢？难怪延陵说："夜天是有限的啊！"我们不得不萦萦于我们的归宿。

　　以下自然是我个人的经历了。我在江南的时候最喜欢趁七点多钟由上海北站开行的夜快车向杭州去。车到杭州城站，总值夜分了。我为什么爱搭那趟车呢？佩弦代我说了："堂堂的白日，界画分明的白日，分割了爱的白日，岂能如她的系着孩子的心呢？夜之国，梦之国，正是孩子的国呀；正是那时的平伯君的国呀！"（见《忆》的跋）我虽不能终身沉溺于夜之国里，而它的边境上总容得我的几番行行。

　　您如聪明的，必觉得我的话虽娓娓可听，却还有未尽然者；我其时家于杭州呢。在上海做客的苦趣，形形色色，微尘般的压迫我；而杭州的清暇恬适的梦境悠悠然幻现于眼前了。当街灯乍黄时，身在六路圆路的电车上，安得不动"归欤"之思？于是一个手提包，一把破伞，又匆促地搬到三等车厢里去。火车奔腾于夜的原野，喘吁吁地驮着我回家。

在烦倦交煎之下，总快入睡了。以汽笛之尖嘶，更听得茶房走着大嚷："客人！到哉；城站到哉！"始瞿然自警，把手掠掠下垂的乱发，把袍子上的煤灰抖个一抖，而车已慢慢的进了站。电灯迫射惺忪着的眼，我"不由自主"的挤下了车。夜风催我醒，过悬桥时，便格外走得快。我快回家了！

不说别的，即月台上两桁电灯，也和上海北站的不同；站外兜揽生意的车夫尽管粗笨，也总比上海的"江北人"好得多了。其实西子湖的妩媚，城站原也未必有份。只因为我省得已到家了，这不同岂非当然。

她的寓所距站只消五分钟的人力车。我上车了，左顾右盼，经过的店铺人家，有早关门的，有还亮着灯的，我必要默察它们比我去时（哪怕相距只有几天）有何不同。没有，或者竟有而被我发现了几个小小的，我都会觉得欣然，一种莫名其妙的欣欣然。

到了家，敲门至少五分钟。（我不预报未必正确的行期，看门的都睡了。）照例是敲得响而且急，但也有时缓缓地叩门。我也喜欢夜深时踯躅门外，闲看那严肃的黑色墙门和清净的紫泥巷陌。我知道的确已到了家，不忙在一时进去，马上进去果妙，慢慢儿进去亦佳。我已预瞩有明艳的笑，迎候我的归来。这笑靥是十分的"靠得住"。

从车安抵城站后，我就体会得一种归来的骄傲，直到昂然走入自己常住的室为止。其间虽只有几分钟，而这区区的几分钟尽容得我的徘徊。仿佛小孩闹了半天，抓得了糖，却不就吃，偏要玩弄一下，再往嘴里放。他平常吃糖是多么性急的；但今天因为"有"得太牢靠了，故意慢慢儿吃，似乎对糖说道："我看你还跑得了吗？"在这时小孩是何等的骄傲，替他想一想。

城站无异是一座迎候我的大门，距她的寓又这样的近；所以一到了站，欢笑便在我怀中了。无论在哪一条的街巷，哪一家的铺户，只要我凝神注想，都可以看见她的淡淡的影儿，我的渺渺的旧踪迹。觉得前人所谓"不怨桥长，行近伊家土亦香"。这个意境也是有的。

以外更有一桩可笑的事：去年江浙战时，我们已搬到湖楼，有一天傍晚，我无端触着烦闷，就沿着湖边，直跑到城站，买了一份《上海报》，到站台上呆看了一会儿来往的人。那么一鬼混，混到上灯以后，竟脱然无累的回了家，环很惊讶，我也不明白所以然。

我最后一次去杭州，从拱宸桥走，没有再过城站。到北京将近一年，杭州非复我的家乡了。万一重来时，那边不知可还有认识我的吗？不会当我异乡客人看待吗？这真是我日夜萦心的。再从我一方面想，我已省得那儿没有我的家，还能保持着孩子的骄矜吗？不呢，我想不出来。若添了一味老年人的惆怅，我又希罕它做什么？然而惆怅不又是珍贵的趣味吗？我将奈何！真的，您来！我们仔细商量一下：我究竟要不要再到杭州去，尤其是要不要乘那班夜车到杭州城站去，下车乎？不下车乎？两为难！我看，还是由着它走，到了闸口，露宿于钱塘江边的好。城阘巷陌中，自然另外有人做他们的好梦，我不犯着讨人家的厌。

"满是废话，听说江南去年唱过的旧戏，又在那边新排了，沪杭车路也不通了，您到哪儿去？杭州城站吗？"

1925年10月6日，北京

（选自《燕知草》，上海开明书店1930年版）

东游杂志

一

昨日临发上海时，与众友人作别，顿感人生底空虚。佩弦、振铎送我登舟后，在夕阳明灭中，乘小轮返沪。渐行渐远，颜色已不可辨识，似犹见两君挥帽送我。此等怅惘，似觉比去国离乡更深一层：因对于国家乡土尚是暧昧的依恋，惟友情之爱为情感知识安慰底源泉，是光明底结晶体，是人间底一根剪不断的带子。振铎送我时说："你须对中国致个敬礼。"但我现在想，于其对故国致敬，不如对友人致敬更为妥切。严密讲来，真能当我底敬爱的，不是全中国，乃是中国底几个人而已。这自然是我底狭小，但真的感受是如此的，使我不能为自己深讳。我不愿意夸饰，因为要比狭隘更为可耻。我登舟别二君以后，心境幽昧而麻木；幸伟大渺茫的海天，足使心灵底急流返于平静。所感到的，也并不是明活的悲哀，只是朦胧的凄奇之影。自然真是慈母，只她能拥抱这于沙漠中失去甘泉的游子。海在那边怒吼，天在那边低沉；他们虽没有说什么，但我确能听到安慰底声音。

二

圣陶临别的时候说:"将要离开一个地方,似乎那一个地方底一切都来压迫我,仿佛都说'快走罢,不要你了'! 因压力愈迫愈紧,我们终于上了旅路。"这真是极切当的话,我觉得不但环境是压迫我们的健将,即我们底自由意志,到那时也成为一种压迫之力。昨日底意志,今日底运命;那里有什么真的自由? 在我旁的一切只构成了一个笼子,人底一生只在笼子里面匍匐呻吟。他们最喜欢说的是自由,但他们永不知道自由是什么。

三

海洋中的生活,人都说是单调。确是不错。但我以为有两种好处不可埋没:(一)在海上最静,最适于疲劳于活动的人。在山林中虽是幽寂,然尚须治生计。若在海船上,则饮食坐卧均已安置得十分妥帖,可以毫不费心力。(二)在海上容易养成一种忍耐和平的心境。这对于天才虽或是一种变形的桎梏;但对于我们常人却很有益处。我数次海行,虽均心境恶劣,但平心论之,非海行之苦,乃离别之愁思所致。惟数十日间,与世界隔绝,孟真曾比之以"宫禁生活",确是海行最苦之事。至于晕船与起居底不习惯,都只是表面的痛苦。我个人底经验如此,曾作长途海行的读者以为如何?

四

中国号船上，有欧美底贵族气息，金钱风味，却又加上东方底乱七八糟的空气，真使我十分不愉快。中西合璧，大约都是这样的一回事。我愈觉得调和妥协是欺人之谈，是腐败底根源。即现今有人说，我们要图东西两方文化底沟通；但东西文化究竟有无沟通底可能，却真也是一个疑问。以我个人底判断，似乎东西底根本人生观很难得有沟通之路。即其余零碎的小节，也是每一发须牵动全身。要说调和又谈何容易？我原不是以为调和是绝对的不可能，不过以为不能如此简单，容易，像一般人所想象的。他们所以喜欢这样说，也并不是有真心的崇仰，只为自己出风头，造机会，做个大滑头而已！岂有他哉！

五

船中生活虽称单调，但东西人士每每群糅，故人生颜色亦颇具复杂之致。西洋妇女，最喜欢向人弄姿作态，寻欢索笑，殊觉可厌。有许多中国妇女尤而效之，借以表明其曾经欧化，可谓无意义之至！世上只有小孩是真活泼的，如西洋妇女之活泼，是由矫揉造作而成。冷眼旁观，愈使吾辈增许多感叹，知人类距觉悟之期，殆将永如海上之三神山，托之空言而已。人生底活动，表现上似乎千变万化，而分析以观，便只有极简单极原始的几种冲动在那边串把戏。人底一生只做了一个猴子，哀哉！

六

船上每吃饭，必狂鸣大锣；鸣锣之后，男男女女均整其衣履，鱼贯而入餐室。此等光景更活像耍猴子了！我从前欧游，颇崇拜欧西之生活；此次美游，则心境迥异。觉得有许多地方，西方人正和我们有同样的盲目可怜，又何必多所叹羡哉！

七

海上看落照最美，一抹胭脂痕在青苍底上面，渐渐的玫瑰色了，渐渐的紫了，终于暮色与海天相拥抱了。这又是一天！我凭栏西眺，心悠悠随着落日而西。借你底光辉，去照临黄海以西的，我底故土，在我底爱人面前，在我底朋友面前，致我今朝底感念哟！

八

十一夜，舟发长崎，月正团圆，海天一碧，四岸翠帏森环，雄峭幽穆。长崎市灯火满山，明灭于中流。此等良辰美景，惜心中无有赏心乐事;故凭栏凝眺,愁思茫茫。视前月与振铎、佩弦等泛月西湖上,吹弹未毕,继以高歌,以中夜时分,到三潭印月,步行曲桥上时闻犬吠声;其苦乐迥不相侔。是知境无哀乐,缘情而生;情化后的景物,方是人间之趣。形之歌咏,惟此而已。是夜长崎之月,以我所经历者而论,有西湖之秀美,有绍兴东湖之森肃,而遍山灯火,更酷似香港之夜景。我虽不乐登眺,但美景不可孤负,故略记之。

九

十一日船泊长崎上煤,不用起重机,却用无数人工。自早十时至夜八时营营不止。作工者有男有女,在烈日之下,流汗不息。煤屑飞扬,鼻为之窒,肤为之黑。作工者状如鬼魅,筋力疲惫,仍复力作;而船上员司及旅客,则凭栏闲眺,既恶其扰,又嫌其迟缓,似金钱之力远胜于人生矣。西方妇女,处处保持其骄奢、傲慢、柔媚的空气,向人作种种怪态。吾辈诸客亦复徐步甲板上,观他人工作,以取闲适。此等情景,真是万恶底象征,不信人间应当可以如此。我后即返舱中,颓然就卧。始信现代文明,一言以蔽之,罪恶而已,掠夺而已。吾辈身列头等舱,尚复嗟怨行役之苦,可谓"不知稼穑之艰难",亦可谓毫无心肝。苟稍有人心者,睹近代罪恶底源泉在于掠夺,则应当以全心力去从事社会运动,即懦怯的人,至少亦须去从事民间运动。高谭学术,安富尊荣,此等学者(?)人间何贵?换言之，不从制度上着手，不把根本上的罪孽铲除了，一切光明皆等于昙花一现。"九泉之下尚有天衢"。世间之酷虐岂有穷极耶？兴思及此，一己之烦闷可平，而人世之悲哀愈烈，觉前路幽暗，如入修夜，永无破晓之新希矣。海天无际，与愁思同其广漠。太平洋底波涛，能洗净这灰色的人间世么？恐怕也是灰色化了！

十

谁能将全生命葬于微笑之中？依我说，是有勇气的人，即使有沉沦的勇气，也就足够了。像我这样的懦怯，只是东西南北，长此飘流，永无宁晷，人谓无可无不可者，我却视为无一而可。此等痴愚，不但不笑，且将自笑。颉刚曾写信给我，愿我永在歧路之前，现在果然应他底话了。啊！

十一

前从英伦返国，远远望见吴淞新绿一桁，横列天际，顿欣欣然有归来之感。此次舟进长崎，翠屿星罗，左右挹盼，而我不但木然无动于衷，反添了一种茫昧的乡思，古人所谓"风景不殊，举目有山河之异"，良非欺人之谈。美感只是一种趣味，至于为苦为乐则随情境而异，非美之本身所具有也。美景良辰赏心乐事，固是人间之至乐；

但"良辰美景奈何天，赏心乐事谁家院"，便是悲怆胜于欢情矣。此理俯拾即是，兹举其一例而已。

十二

客中最患作梦，恶梦固不佳，即好梦亦无非添醒后之怅惘。此次远行，屡作梦；醒后辄半日不快，欲排遣而不可得。欲写之以诗，又不易下笔，每觉情感之深，非言文所能宣达。故近来不愿作诗。其实非不愿，乃是不能也。模糊影响之作品，阅之更令人不乐，反不如干干净净，一字不提，尚不失为知难而退，善于藏拙的人。我作此杂记，本视为一种不署名的信札，不得以文艺论，故与藏拙的主张无碍。

1922年7月13日，长崎横滨道中

十三

十四日船泊日本横滨。我们因有半日耽搁，故作东京之游，京滨高架电车，往返不及两小时，三等车中甚整洁，绝无涕唾随处发现，京滨间平野一绿，村落甚多，偶有小山，亦无高峻之态。经数驿，如鹤见川崎等等，始抵东京驿。我们以青年会之导引，赴上野公园参观东京博览会。此会分第一第二两会场，规模甚广大，我等走马看花，如入五都之市，可谓莫名其妙。以同游人多，故于美术馆本思多浏览一点，亦未能如愿，深为憾惜。匆匆涉猎所及，觉雕刻似不甚佳，图画则颇有一种日本独具之风格。因未得纵览，故亦不能详细申说。其余各馆，我尤不能有所批评。惟东京自治会馆对于东京市政，有一种系统的计划，比我国北京底市政高明得多多。最令人注意者，是把满蒙和朝鲜、台湾、北海道等并列，殊令人不豫。满蒙出品陈列馆，原名满蒙馆，因我国人士抗议之后，临时改为聚芳园（名字不通之至），而印刷品上均列为满蒙馆。他们以匆促不及更正为托词，而其实无非是掩耳盗铃，所谓司马昭之心，路人皆见。且尤可怪者，惟满蒙馆有特别赠品，《满蒙之现况》书一本专说明满蒙天产之如何丰富，日本现在势力之如何广大，我国行政之如何腐败，促醒彼国一般人士底注意。此书以外，又有《满铁事业概况》一本，《满蒙馆出品物解说书》一本，又另赠彩画明信片（绘叶书）两张，一张是满蒙馆之外景，一张是大连舟车联络图，画了许多有辫子的人。此等侮辱固可恨，但其心思更可畏惧。日本之窥伺中国，已可谓无微不至。而我国人士除有一种盲目的排日气息以外，便不见有何等实际调查。此等光景，较之"盲人骑瞎马，夜半临深池"，尤为奇险。我原不要鼓吹一种狭隘的国家思想，但邻邦既把那种侵略的态度，我们也不得不作自卫底准备。抵抗强暴，正是一种正义。在现今的状况下，我不相信消极的无抵抗，有实现底可能。起来哟！我们反对一切的侵略，所以也反对人家来侵略我们！

十四

在长崎发舟，见送行者与登舟之客各执五彩纸条之一端，万缕千条，随风飘荡，依依可怜。船将发时，船上奏乐，岸上挥帽，一种怅惘之情，使我辈异方作客者亦为之黯然无语。古今别恨，无处无之，岂必销魂桥，阳关柳乎？古人所谓"万里乾坤，百年身世，惟有此情苦"，信是至当之论。抒写离愁之文艺已车载斗量，但令人仍不生厌倦者，正因此等愁恨，人人所同具，至多只有深浅之不同，故读其文词，有左右逢源之乐，忘其为老生常谈矣。天下只有最简单、普遍的事情，是能永久。譬如《古诗十九首》，写的无非是男女之爱（性欲），富贵之羡慕（虚荣心及物质上的欲望），贪生怕死的心思（生存欲）。但千载以下尤有生气，不因时代之迁移而损其价值，正因此等欲望，为人人所同具，无间于古今中外也。至于写一种特殊的事实，心境的作品，从本身上看，或者声价是很高的。但时过境迁，此等文艺也成为陈迹，不足以摇荡人心。如《儒林外史》一书，现代人读之，有些已不感兴趣。因书中人物，与现代人底生活相去太远，不容易得一种深切的了解。《红楼梦》便不然，因它是一部情场失意的书。《水浒》也不然，因它有浪漫的色彩。李逵、宋江等人，虽世间不必真有其人，但似乎不可无其事。因为这些"英雄好汉"的生涯，可以满足我们底好奇心。我并不是在这里批评这三部书本身底优劣，不过举例以明之。"信手拈来自成妙谛"，这真是句聪明不过的话。天下俯拾皆是之东西，往往便是妙谛。一切不可以深求，深求反失之。像罔得玄珠于赤水，言无心触机之可贵也。我们不得以难易而判优劣。天下自有许多难能的事，但却并非即是可贵的。

十五

西洋底音乐，比较上是很繁复的。但感人之处，却并不深远。这在一方面想，自然因我们底没有相当训练，所以不能了解。但另一方面说，也许简单的音调，自有它底价值。我于音乐无所知，当然只有盲撼。但我想，鸟底歌声，海底涛音，都是极简单的，何以也能感人深远？可见判断音乐底标准，不能以繁简难易为衡，仍当以感染性为主。这自然不可拘执着，西方人喜欢的，未必东方人便喜欢。反之亦然。美底感染，确与民族区分有些关系。西方人所爱尚的，往往偏于机械的；东方人底好尚，则比较偏于自然的。西方人喜听繁音促节的音乐。东方人则以低度曼声为美。我们不能了解他们，犹他们之不能了解我们。这里边只有好恶，并没有是非可言。我们固然不可"夜郎自大"，但也不必处处"舍己从人"。多歧才是美底光景，我们何不执一以相缫呢？

十六

性质刚柔，原由禀赋，亦即地方风土有别。什么是优，什么是劣，本不容易说。但比较起来，就中国而论，是北部和中部的人，品性略优良些。这自然是从大体上说，不是拿各个人来相比的。混沌的粗坯犹可加以雕琢，使成良材。至于脆薄的东西，虽莹澈如晶玉，亦始终无有用处。这可以见厚重之可贵。我看见中国人在海外建些事业的，都是南部的人。但他们做的事，都充满了一种市侩气息，不足以代表东方人底特质。中国号是大洋中我国第一只邮船；但看他中间的布置，简直是一艘很蹩脚的美国式船。这实在使我深切地感到不安，觉得东方人底特质，似乎已消沉了。日本人做事还不失为很好的模仿，中国人做事便是"画虎类狗"了。连模仿都还不会，更别说什么创造！

十七

游东京市上，见两旁店中陈列，尽是些日本土产。若返观上海、天津，又不知增多少恐惧、感慨。我每作国外之游，必觉得国际间物质上压迫之烈，而空谈文化，仿佛又是"远水不济近火"。我国近年政治底纷乱，实在受害不浅。我们第一要求的，是较有秩序的社会。因为社会如无秩序，一切事业均无从着手。若不作物质精神双方并进的救济，便无从挽救中国底沉疴。我们应认定现存的事实，具体地想一个急救的方策，黄金色的理论，且让它去悬着罢。我也知道，这些是不彻底的思想。但世间果有彻底的思想么？彻底的思想是什么？依我说来，便是包医百病的仙方。我们不当迷信万能，我们也不能迷信彻底。我们住在世界上，便被迫着去承认世界上现有的事实。说的话是否高明，我们无从分辨；但无论如何，闭着眼睛说话，总是不可信的。中国底病根，本宜标本兼治。若就目前论，治标尤急于治本，人已以我为鱼肉，我们不想赶紧关门，反在那边画图样，造新屋。墙破了，强盗进来了，看你有翻造新屋的可能么？我们第一要塞住这个长流的漏洞，使它不至于马上就呜呼哀哉，然后方能谈到后事。我以为政治上、工商业上的人才，实是现时代中国底中坚人物。

十八

历年来作政治经济上活动的，亦已不少。但何以一点效果没有，反添了无数的扰乱？这有两个原因：（一）他们不联合起来。（二）他们以个人为目标，不是为自己，就是为一个首领、一个党的私利。所以现在最要紧的是联合（人才集中），更要紧的，是有主义的联合，不是私人的联合。我们不当忠于一个人，应当忠于一个主义。近来国内发生新的政治运动，我很欣喜，希望他们能真实地做出一点事，不要随波逐流，蹈前车底覆辙，反为他人造机会。中国社会原是个万恶的陷阱。走路的人，小心些啊，不要掉了下去。但自然，不能为有陷阱，就根本不去走路了。我们应当提着个灯儿去，这就是我们底理想（ideal）了。

十九

横渡太平洋的海程中，并不能十分领略自然底伟大；因为我们底眼光真太狭小了。虽有广漠无垠的宇宙，但在我底心头，却是个狭狭的笼子。这纯然是无可奈何的事。幸而从横滨到火奴鲁鲁道中，有三尺的大风浪，尚略可窥见太平洋底颜色。涛头小山似的，银白的沫痕上面，再倾洒出雾縠般的珠子，高浪一来的时候，船舷上都泛滥着花花的海水。在当时虽不免稍感恐怖，但美感却也同时存在着。我不能不感谢太平洋底风涛啊，在安抵火奴鲁鲁的时候。

1922年7月24日，火奴鲁鲁寄

二十

二十四日在火奴鲁鲁，作三小时之游，同行者五人，以摩托车登Poli Cliff，高千二百尺。道中林木森苍，峰回路转，绝似杭州西湖之南山佳处。而驰道坦平，荆榛蔺剪，尤觉少跋涉之劳，有登峰之美。岩系百余年前战迹，有碑记之。节录如下。

Erected by the daughters of hawaii 1907 to Commemorate

The Battle of Nunaau fought in This Valley 1795 …

开导者言，有多数战士即被投掷于岩下而死。岩上天风浩然，不易驻足。左侧可眺一峰之顶，峭然高拥。对面平野莽然，一碧无际。我们循原路下山，瞬许即到。又循一土路，登一已死的火山，名 Punchbourl。土作赤黄色，可以纵观火奴鲁鲁全市景物，鱼鳞栉比，尽是人家，尽处一抹青苍，知是太平洋矣，是时落日西匿，晚霞犹媚，驱车入市，则灯火如繁星，如置身欧美都市之间。火奴鲁鲁华名檀香山，以从前岛中檀香木颇多之故，今则檀香木已甚少，名不称实，似以译音名之为宜。岛中一般住屋，不甚高大，惟茂荫芳香，杂以红紫，则无处不是乐园，谓为海上明珠，殆非虚誉。以我批评，此岛有两特异之优点：（一）地在温热两带之间，故风物能兼两带之美。（二）秩序谨严，颇有自治之力（警察大街上不易看见），非香港、上海、新加坡之比。至于何以能保持秩序，则非三小时之游客所能知。但此岛非大商埠，想亦是其间原因之一。美人管理此岛，不及三十年，而全境荒榛几尽辟除。真令我们愧而且惧，觉得西方人真是自然底肖子。东方人底颓废气息如此浓厚，想距沉沦之日不远矣。沉沦老实说一句也是无可怕的；但我们却总不自觉地发为叹息之音。这就是我们底赞颂了。

凡海船上例有一种演习，名 Boat drill 是以备不虞之用。此次中国号船上，却因此发生意外的惨剧。我缕述当日情形于下。7月

27日下午，正在吃茶时候（四点以后），船操已完了。船上职员均已离去甲板，只有一两个水手在那边整理救生舢板。那里知有一救生船，铁钩断了，一水手在船上，立时堕入海中。当时丢下两个救生圈，但因船正启动，漩涡甚急，他亦没有抓住。后来即停船，放下一艘救生艇，四面寻觅，了无踪迹。有几个水手说曾看见有人首在海面浮着，也是影响之谈，并靠不住。船停了一小时，因寻觅不到，只得开行，那人就算白死了。后来听说那一人是香港人，年二十五岁，来船上不久，家中有母妻及小孩两个。奔走异乡，备尝辛苦，无非为博养赡之资，一旦遭逢此变，人生至此，又何可言，况且此事发生底原因，并非由于自己底粗忽，实在中国邮船公司太腐败了。救生艇是极重要的，怎么可以不加检查，使铁钩不能胜一二人之重。一艇必须安置四十二人，如果真四十二客登此小艇，则恐怕大船未沉，小船先覆矣。此等 life boat 不如叫他为 lifeless boat，较为切合些。这是船公司应负责者一。当时水手落海，船仍在开行，俟船完全停止，距失事之地点，相去已远。（因汽机虽停船尚在缓行）要想作万之一挽救，则救生艇至少亦须派三艘，分头找寻，方有效力。现在只放下一艘，茫茫大海，何殊捞针。是明系以人命为儿戏，好在死的是不关痛痒的黄种苦力，有什么要紧呢。有了许多救生艇，何所吝惜，而不肯多放几艘下去？这是船公司应负责者二。到船开了底时候，还有一水手在桅顶眺望，想是死者之友人！他是怅望着了，徒然地怅望着了。言念及此，始信人生如弱蒂轻尘，了无归宿，只有漂泊，只有彷徨，是他底可能的路。死者诚可悯惜，然亦只是悲哀之海洋中，一点的泡沫而已。28日船客集资,抚恤死者之家属。这自然是正当的办法,但金钱又何足以偿生命之损失!我底根本上的考虑只有两途:(一)破坏资本主义下的物质文明,(二)倾向于颓废的人生观。这虽色彩有些不同,但都不失较深切的思想。至于中国邮船公司,自然是混账之至。但天下老鸦一般黑的,何独他该受责?对于资本家谈人道主义是对牛弹琴。我们有反抗无妥协。我们应得顺从我们的情感之流去努力。我们应得行心之所安。我们不必以暴徒自豪,但我却深恶痛疾虚伪的和平。因为人间本未尝有和平,我们又将何所顾忌呢?

1922年7月31日,旧金山

湖楼小撷

一　春晨

这是我们初入居湖楼后的第一个春晨。昨儿乍来,便整整下了半宵潺湲的雨。今儿醒后,从疏疏朗朗的白罗帐里,窥见山上绛桃花的繁蕊,斗然的明艳欲流。因她尽迷离于醒睡之间,我只得独自的抽身而起。

今朝待醒的时光,耳际再不闻沉厉的厂笛和慌忙的校钟,惟有聒碎妙闲的鸟声一片,密接着恋枕依衾的甜梦。人说"鸟啼惊梦";其实这样说,梦未免太不坚牢,而鸟语也未免太响亮些了。我只以为梦的惺忪破后,始则耳有所闻,继则目有所见。这倒是较真确的呢。

记得我们来时,桃枝上犹满缀以绛紫色的小蕊,不料夜来过了一场雨,便有半株绯赤的繁英了。"小楼一夜听春雨,深巷明朝卖杏花。"可见自来春光虽半是冉冉而来,却也尽有翩翩而集的。来时且不免如此的匆匆;涉想它的去时,即使万幸不再添几分的局促,也总是一例的了。此何必待委地沾泥,方始怅惜绯红的姚冶尽成虚掷了呢。谁都得感怅惘与珍重之两无是处。只是山后桃花似乎没有觉得，冒着肥雨欣然并开了。我独瞅着这一树绯桃，在方棂内彷徨着。即如此，度过湖楼小住的第一个春晨。

1924年4月1日

二　绯桃花下的轻阴

轻阴和绯桃直是湖上春来时的双美。桃花仿佛茜红色的嫁衣裳，轻阴仿佛碾珠作尘的柔幂。它们固各有可独立之美，但是合拢来却另见一种新生的韶秀。桃花的粉霞妆被薄阴梳拢上了，无论浓也罢，淡也罢，总像无有不恰好的。姿媚横溢全在离合之间，这不但耐看而已，简直是腻人去想。但亦自知这种迷眩的神情，终久不会在我笔下舌端留余其万一的。反正今天，桃花犹开着，春阴也未消散，不妨自去领略它们悄默中的言说。再说一句，即使今年春尽，还有来年哩。"青山不改，绿水长流。"湖上春光来时的双美，将永永和"孩子们"追嬉觅笑。尊贵的先生们，请千万不要厌弃这个称呼哟！虽说有限的酣恣，亦是有限的酸辛；但酸辛滋味毕竟要长哩。正在春阴里的，正在桃花下的孩子们，你们自珍重，你们自爱惜！否则春阴中恐不免要夹着飘洒萧疏的泪雨，而桃树下将有成阵的残红了。你们如真不信，你们且觑着罢。春归一度，已少了一度。明年春阴挽着桃花姊妹们的赭红的手重来湖上，你们可不是今年的你们了，它们自然也不是今年的它们了。一切全都是新的。惟我的心一味的怯怯无归，垂垂的待老了。

4月7日

三　楼头一瞬

住杭州近五年了，与西湖已不算新交。我也不自知为什么老是这样"惜墨如金"。在往年曾有一首《孤山听雨》，以后便又好像哑子。即在那时，也一半看着雨的面子方才写的。原来西湖是久享盛名的湖山，在南宋曾被号为"销金锅"，又是白居易、苏东坡、林和靖他们的钓游旧地，岂希罕渺如尘芥的我之一言呢？像我这样开头就抱了一阵狂歡，未免夸诞得好笑。湖山有灵，能勿齿冷？所以我的装哑，倒不消辩解得，一辩解可是真糟。说是由于才尽，已算谦退到十二分；但我本未尝有才，又何尽之有？岂非仍是变相的浮夸？一匹锦，一支彩笔，在我梦中吗？也没有见，只是昏沉地睡。睡醒了起来，到晚上还依旧这么睡啊。

迁入湖楼的第一个早晨，心想今儿应当早早的起来，不要再学往常那么傻睡了。我住楼上，其上之重楼旁有小台。我就登临一望。啊！这一望呀……

我们的湖山，姿容变幻：

春之花，秋之月，

朝生晖，暮留霭；

水上拖一件惨绿的年少裙衫，

山前横一抹浓青的婵娟秀黛。

游人们齐说："去来，去来。"

我也道："去来，去来。"

双桨打呀打的，

打不破这弱浅漪澜；

划儿动啊动的，

支不住这销魂重载。

仪态万方的春光晨光，

备具于一瞬眼的楼头望。

只有和谐，

只有变换，

只有饱满。

创世者精灵的团凝，

又何用咱们的赞叹。

　　赞颂不当，继之以描摹；描摹不出，又回头赞颂一番：这正是鼯鼠技穷的实况。强自解嘲地说，以湖山别无超感觉外之本相，故你我他所见的俱是本相，亦俱非本相。它因一切所感所受的殊异而幻现其色相，至于亿万千千无穷的蕃变。它可又不像《西游记》上孙猴子的金箍棒，"以一化千千化万"的叫声"变"，回头还是一根。如捏着本体这意念，则它非一非多，将无所在;如解释得圆融些，它即一即多，无所不在。佛陀的经典上每每说，"作如是观"，实在是句顶聪明的话语。你不当问我及他，"我将看见什么?"你应当问你自己，"我要怎样看法?"你一得了这个方便，从污泥中可以挺莲花，从猪圈里可以见净土;(自然，我没有劝你闭着眼去否认事实，千万不可缠夹了。)何况以西湖的清嘉，时留稠叠的娇茜影子在你我他的心眼里的呢?

从右看去，葛岭兀然南向。点翠的底子渲染上丹紫黑黄的异彩，俨如一块织锦屏风。楼阁数重停峙山半。绝顶上停停当当立着一座怪俏皮，怪玲珑，怪端正的初阳台，仿佛是件小摆设，只消一个小指头就可挑得起来的。岭麓西迄于西泠。迤西及北，门巷人家繁密整齐。桥上卧着黄绛色的坦平驰道。道旁有几丛芳草，芊绵地绿。走着的，踱着的，徘徊着的，笑语着的，成群搭淘的烧香客人。身上穿的大半是青莲毛蓝的布衫，项下挂的大半是深红老黄的布袋。桥堍以外，见苏堤六桥之第六名曰跨虹，作双曲线的弧拱。第五桥亦可望见。这儿更偏南了，上也有行人，只是远了，只见成为一桁，蚁似的往来。桑芽未生呢，所以望去也还了了。不栽桃柳只栽桑的六条桥，总伤于过朴过黯。但借着堤旁的绿的草黄的菜花，看它横陈在碧波心窝里，真是不多不少，一条一头宽一头窄，黄绿蒙茸的腰带。新绿片段地挽接着，以堤尽而亦尽，已极我目了。草色入目，越远便越清新，越娇俏，越耐看的。从前人曾说什么"芳草天涯"，到身历此境，方信这绝非浪饰浮词，恰好能写出他在当年所感。"更行更远还生"，满眼的春光尽数寄在凭栏人的一望了。

从粗疏的轮廓固可窥见美人的容姿，但美人的美毕竟还全在丰神；丰神自无离容姿而独在之理，但包皮外相毕竟算不得骨子。泥胎，木刻，石琢的像即使完全无缺，超越世上一切所有的美，却总归不是肉的，人间的，我们的。它美极了，却和我有什么相干呢？故论西湖的美，单说湖山，不如说湖光山色，更不如说寒暄阴晴中的湖光山色，尤不如说你我他在寒暄阴晴中所感的湖光山色。湖的深广，山的远近，堤的宽窄，屋的多少，……快则百十年，迟则千万年而一变。变迁之后，尚有记载可以稽考，有图画可以追寻。这是西湖在人人心目中的所谓"大同"。或早或晚，或阴或晴，或春夏，或秋冬，或见欢愉，或映酸辛；因是光的明晦，色有浓淡，情感的紧弛，形成亿万重叠的差别相，竟没有同时同地同感这么一回事。这是西湖在人人心目中的所谓"小异"。"同"究竟是不是大，"异"究竟是不是小，我也一概不知。我只知道，同中求异是描摹一切形相者的本等。真实如果指的是不重现而言；那么，作者一旦逼近了片段的真实的时候（即使程度极其些微），自能够使他的作品光景常新，自能够使光景常新的作品确成为他的而非你我所能劫夺。

景光在一瞬中是何等的饱满，何等的谐整。现在却畸零地东凑一言，西凑一句，以追挽它已去的影。这不知有多傻！若说新生一境绝非重现，岂不将与造化同功？此可行于天才，万不可施之我辈的。只是文章通例，未完待续。我只得大着胆再往下写。

　　曹魏时的子建写"洛灵感焉"的姿致，用了"神光离合乍阴乍阳"这样八个字。即此一端，才思恐决不止八斗。但我若一字不易的以移赠西湖，则连一厘一毫的才思也未必有人相许的。同是一句话，初说是新闻，再说是赘语了。（从前报登科的，二报三报，不嫌其多，这何等的有趣；可惜鬼子们进来以后，此法久已失传了。）我之所以拿定主见，非硬抄他不可，实因西湖那种神情，除此以外实难于形容。你先记住，我遇它时是在春晨，是在雨后的春晨，是在宿云未散，朝雾犹浓，微阳耀着的春晨。阴阳晴雨的异态在某一瞬间弥漫地动，在某一点上断续地变；因此湖上所具诸形相的光辉黯淡，明画朦胧，也是一息一息在全心目中跳荡无休。在这种对象之下，你逼我作静物描写，这不是要我作文，简直是要我的命。敝帚尚且有千金之享，我也不致如此的轻生。

　　但是一刹那，一地方的写生，我不好意思说不会。就是我好意思说，您也未必肯信的。只望你老别顶真，对付瞧着就得。湖光眩媚极了，绝非一味平铺的绿。（一见勾勒着的水，便拿大绿往上一抹，这总是不很高明的画法。）西湖的绿已被云收去了，已被雾笼住了，已被朝阳蒸散了。近处的水，暗蓝杂黄，如有片段。中央青汪汪白漫漫的，缬射云日的银光；远处乱皴着老紫的条纹。山色恰与湖相称，近山带紫，杂染黄红，远则渐青，太远则现俏蓝了。处处更萦拂以银乳的朝云，为山灵添妆。面前连山作障，腰间共同搭着一绺素练的云光，下披及水面，濛濛与朝雾相融。顶上亦有云气盘旋，时开时合，峰尖随之而隐显。南峰独高，坳里横一团鱼状的白云。峰顶庙墙（前年曾登过的），豁然不遮。远山亭亭，在近山缺处，孤峭而小，俏蓝中杂粉，想远在钱塘江边了。

云雾正密搂着，朝阳忽然在其间半露它娇黄的脸，自然要被它们狠狠的瞪着眼。这个情急已欲出，它两个死赖还不走，而轻清的风便是拨乱其间的小丑。阴晴本是风的意思，但今儿它老人家一点主意也没有，一点力气也没有，好像它特地为着送给我以庭院中的鸡啼，树林中的鸟语，大路上的邪许担子声音而来的；又好像故意爱惜船夫的血汗使大船儿小划子在湖心里，只见挪移而不见动荡。它毫不着力的自吹。春风的心力已软媚到入骨三分，无怪云雾朝阳都是这般妖娆弄姿，亦无怪乍醒的人凭到栏杆，便痴然小立了。

4月9日

四　日本樱花

记得往年到东京，挥汗游上野公园，只见樱树的嫩绿，不见樱花的娇绯。这追想起来，自有来迟之恨。但当时在樱树林下，亦未尝留一撮的徘徊，如往昔诗人的样子。于此见回忆竟是冤人的，又见因袭的癖趣必与外缘和会方才猖獗的。每当曼吟低叹时，我咒诅以往诗娟文丐的潮热潜沸在我待冷的血脉中。

回忆每有很鹘突的,而这次却是例外。今天,很早的早晨,在孤山的顶上,西泠印社中,文泉的南侧,朝阳的明辉里,清切拜见一树少壮的,正开着的樱花;遂涉想到昔年海外相逢,已伤迟暮的它的成年眷属来。我在湖上看樱花,此非初次;但独独这一次心上留痕。想是它的靓妆,我的恣醉,都已有"十分光"了。

柔条之与老干,含苞之与落英,未始不姿态万千,各成馨逸;可是如日方中的,如月方圆的,如春水方漪沦着的所谓"盛年",毕竟最可贵哩!毕竟最可爱哩!婴婗和迟暮,在人间所钩惹的情怀,无非第一味是珍惜,第二味是惆怅罢了,终究算不得抵不得真正的爱和贵。恕我譬喻得这样俗陋,浅绯深绛即妖冶极了,堂皇富丽总归要让还大红的。肯定一切,否定一切,我又何敢。只是今晨所见,春山之顶,清泉之傍,朝阳光影中这一株日本绯樱,树正在盛年,花正在盛年;我虽不知所以赞叹,我亦惟有赞叹了。我于此体验到完全的美,爱和贵重是个什么样子的;顿然全身俯仰都不自如起来,一心瑟瑟的颤着,微微的欹着,轻轻的踯躅着,在洞彻圆明,娇繁盛满的绯赤光气之中央。

其时文泉之侧,除一树樱花一个我以外,只见有园丁在花下扫着疏落的残红,既不低眉凝注,也不昂首痴瞻,俯仰自如,心眼手足无不闲适;可证他才真是伴花爱花的人,像我这般竟无殊于强暴了。我蓦地如有所惊觉,在低徊中闯然自去。

也还有一桩要供诉的事。同在泉旁,距樱花西五七尺许,有一株倚水的野桃，已零落了；褪红的小瓣，紫色的繁须，前几天曾卖弄过一番的，今朝竟遮不住老丑了。我瞟了它一眼，绝不爱惜它。盛年之可贵如此！至少在强暴者的世界中心目中，盛年之可贵有如此！

4月13日

五　西泠桥上卖甘蔗

《儒林外史》上杜慎卿说："菜佣酒保都有六朝烟水气。"这每令我悠然神往于负着历史重载的石头城。虽然，南京也去过三两次，所谓烟花金粉的本地风光已大半销沉于无何有了。幸而后湖的新荷，台城的芜绿，秦淮的桨声灯影以及其余的，尚可仿佛恫恍地仰寻六代的流风遗韵。繁华虽随着年光云散烟销了，但它的薄痕倩影和与它曾相映发的湖山之美，毕竟留得几分，以新来游屐的因缘，而隐跃跃悄沉沉地一页一页的重现了。至于说到人物的风流，我敢明证杜十七先生的话真是冤我们的——至少，今非昔比。他们的狡诈贪庸差不多和其他都市里的人合用过一个模子的，一点看不出什么叫做"六朝烟水气"。从煤渣里掏换出钻石，世间即有人会干；但决不是我。我失望了！

倒是这一次西泠桥上所见虽说不上什么"六代风流"，但总使人觉得身在江南。这天是4月3日的午前，天气很晴朗，我们携着姑苏，从我们那座小楼向岳坟走去。紫沙铺平的路上，鞋底擦擦的碎响着。略行几十步便转了一个弯，身上微觉燥热起来。坦坦平平的桥陂迤逦向北偏西，这是西泠桥了。桥顶，西石栏旁放着一担甘蔗，有剥了皮切成段的，也有未去青皮留整枝的，还有一只水碗，一把帚是备洒水用的。最惹目的，担子旁不见挑担的人，仅有一条小板凳，一个稚嫩的小女孩坐着。——卖甘蔗？

看她光景不过五六岁，脸皮黄黄儿的，脸盘圆圆儿的，蓬松细发结垂着小辫。春深了，但她穿得"厚裹啰哆"的，一点没有衣架子，倒活像个老员外。淡蓝条子的布袄，青莲条子的坎肩，半新旧且很有些儿脏。下边还系着开裆裤呢。她端端正正的坐着。右手捏一节蔗根放在嘴边使劲的咬，咬下了一块仍然捏着——淋漓的蔗汁在手上想是怪黏的。左手执一枝尺许高，醉杨妃色的野桃，花开得有十分了。因为左手没得空，右手更不得劲，而蔗根的咀嚼把持愈觉其费力了。

你曾见野桃花吗？（想你没有不看见过的。）它虽不是群芳中的华贵，但当芳年，也是一时之秀。花瓣如晕脂的靥，绿叶如插鬓的翠钗，绛须又如钗上的流苏坠子。可笑它一到小小的小女孩手中，便规规矩矩的，倒学会一种娇憨了。

至她并执桃蔗，得何意境？蔗根可嚼，桃花何用呢？何处相逢？何时抛弃？……这些是我们所能揣知的吗？你只看她那翦水双瞳，不离不着，乍注即释，痴慧躁静了无所见，即证此感邻于浑然，断断容不得多少回旋奔放的。你我且安分些罢。

我们想走过去买根甘蔗，看她怎样做买卖。后一转念，这是心理学者在试验室中对付猴鼠的态度，岂是我们应当对她的吗？我们也分明携抱着个小孩呢。所以尽管姑苏的眼睛，巴巴地直盯着这一担甘蔗，我们到底哄了他，走下了桥。

在岳坟溜达了一趟，有半点来钟。时已近午，我们循原路回走，从西堍上桥，只见道旁有被抛掷的桃枝和一些零零星星的蔗屑。那个小女孩已过西泠南堍，傍孤山之阴，蹒跚地独自摸回家去。背影越远越小，我痴望着……

走过一个八九岁的男孩——她的哥？——轻轻把被掷的桃花又捡起来，耍了一回，带笑地喊："要不要？要不要？"其时作障的群青，成罗的一绿，都不言语了。他见没有应声，便随手一扬。一枝轻盈婀娜刚开到十分的桃花顿然飞堕于石阑干外。

我似醒了。正午骄阳下，悄峙着葱碧的孤山。妻和小孩早都已回家了，我也懒懒的自走回去。一路闲闲的听自己鞋底擦沙的声响，又闲闲的想："卖甘蔗的老吃甘蔗，一定要折本！孩子……孩子……"

4月14日

西湖的六月十八夜

　　我写我的"仲夏夜梦"罢。有些踪迹是事后追寻，恍如梦寐，这是习见不鲜的；有些，简直当前就是不多不少的一个梦，那更不用提什么忆了。这儿所写的正是佳例之一。

　　在杭州住着的，都该记得阴历六月十八这一个节日罢。它比什么寒食，上巳，重九……都强，在西湖上可以看见。

　　杭州人士向来是那么寒乞相的，（不要见气，我不算例外。）惟有当六月十八的晚上，他们的发狂倒很像有点彻底的。（这是鲁迅君赞美蚊子的说法。）这真是佛力庇护——虽然那时班禅还没有去。

　　说杭州是佛地，如其是有佛的话，我不否认它配有这称号。即此地所说的六月十八，其实也是个佛节日。观世音菩萨的生日听说在六月十九，这句话从来远矣，是千真万确的了，而十八正是它的前夜。

　　三天竺和灵隐本来是江南的圣地，何况又恭逢这位"大慈大悲救苦救难观世音菩萨"的芳诞，——又用靓丽的字样了，死罪，死罪！——自然在进香者的心中，香烧得早，便越恭敬，得福越多，这所谓"烧头香"。他们默认以下的方式：得福的多少以烧香的早晚为正比例，得福不嫌多，故烧香不怕早。一来二去，越提越早，反而晚了。（您说这多么费解。）于是便宜了六月十八的一夜。

不知是谁的诗我忘怀了，只记得一句，可以想象从前西子湖的光景，这是"三面云山一面城"。现在打桨于湖上的，却永无缘拜识了。云山是依然，但濒湖女墙的影子哪里去了？我们凝视东方，在白日只是成列的市廛，在黄昏只是星星的灯火，虽亦不见得丑劣；但没出息的我总会时常去默想曾有这么一带森严曲折颓败的雉堞，倒印于湖水的纹衣里。

从前既有城，即不能没有城门。滨湖之门自南而北凡三：曰清波，曰涌金，曰钱塘，到了夜深，都要下锁的。烧香客人们既要赶得早，且要越早越好，则不得不设法飞跨这三座门。他们的妙法不是爬城，不是学鸡叫，（这多么下作而且险！）只是隔夜赶出城。那时城外荒荒凉凉的，没有湖滨聚英，更别提西湖饭店、新新旅馆之流了，于是只好作不夜之游，强颜与湖山结伴了。好在天气既大热，又是好月亮，不会得受罪的。至于放放荷灯这种把戏，都因为惯住城中的不甘清寂，才想出来的花头，未必真有什么雅趣。杭州人有了西湖，乃老躲在城里，必要被官府（关城门）佛菩萨（做生日）两重逼迫着方始出来晃荡这一夜；这真是寒乞相之至了。拆了城依旧如此，我看还是惰性难除罢，不见得是彻底发泄狂气呢。

我在杭州一住五年，却只过了一个六月十八夜；暑中往往他去，不是在美国就是在北京。记得有一年上，正当六月十八的早晨我动身北去的，莹环他们却在那晚上讨了一只疲惫的划子，在湖中漂泛了半晌。据说那晚的船很破烂，游得也不畅快；但她既告我以游踪，毕竟使我愕然。

去年住在俞楼，真是躬逢其盛。是时和H君一家还同住着。H君平日兴致是极好的，他的儿女们更渴望着这佳节。年年住居城中，与湖山究不免隔膜，现在却移家湖上了。上一天先忙着到岳坟去定船。在平时泛月一度，约费杖头资四五角，现在非三元不办了。到十八下午，我们商量着去到城市买些零食，备嬉游时的咬嚼。我俩和Y、L两小姐，背着夕阳，打桨悠悠然去。

归途车上白沙堤，则流水般的车儿马儿或先或后和我们同走。其时已黄昏了。呀，湖楼附近竟成一小小的市集。楼外楼高悬着眩目的石油灯，酒人已如蚁聚。小楼上下及楼前路畔，填溢着喧哗和繁热。夹道树下的小摊儿们，啾啾唧唧在那边做买卖。如是直接于公园，行人来往，曾无间歇。偏西一望，从岳坟的灯火，瞥见人气的浮涌，与此地一般无二。这和平素萧萧的绿杨，寂寂的明湖大相径庭了。我不自觉的动了孩子的兴奋。

饭很不得味的匆匆吃了，马上就想坐船。——但是不巧，来了一群女客，须得尽先让她们耍子儿；我们惟有落后了。H君是好静的，主张在西泠桥畔露坐憩息着，到月上了再去荡桨。我们只得答应着；而且我们也没有船，大家感着轻微的失意。

西泠桥畔依然冷冷清清的。我们坐了一会儿，听远处的箫鼓声，人的语笑都迷蒙疏阔得很，顿遭逢一种凄寂，迥异我们先前所期待的了。偶然有两三盏浮漾在湖面的荷灯飘近我们，弟弟妹妹们便说灯来了。我瞅着那伶俜摇摆的神气，也实在可怜得很呢。后来有日本仁丹的广告船，一队一队，带着成列的红灯笼，沉填的空大鼓，火龙般的在里湖外湖间穿走着，似乎抖散了一堆寂寞。但不久映入水心的红意越宕越远越淡，我们以没有船赶它们不上，更添许多无聊。——淡黄月已在东方涌起，天和水都微明了。我们的船尚在渺茫中。

月儿渐高了，大家终于坐不住，一个一个的陆续溜回俞楼去。H君因此不高兴，也走回家。那边倒还是热闹的。看见许多灯，许多人影子，竟有归来之感，我一身尽是俗骨罢？嚼着方才亲自买来的火腿，咸得很，乏味乏味！幸而客人们不久散尽了，船儿重系于柳下，时候虽不早，我们还得下湖去。我鼓舞起孩子的兴致来："我们去。我们快去罢！"

红明的莲花漂流于银碧的夜波上，我们的划子追随着它们去。其实那时的荷灯已零零落落，无复方才的盛。放的灯真不少，无奈抢灯的更多。他们把灯都从波心里攫起来，摆在船上明晃晃的，方始踌躇满志而去。到烛烬灯昏时，依然是条怪蹩脚的划子，而湖面上却非常寥落；这真是杀风景。"摇罢，上三潭印月。"

西湖的画舫不如秦淮河的美丽；只今宵一律妆点以温明的灯饰，嘹亮的声歌，在群山互拥，孤月中天，上下莹澈，四顾空灵的湖上，这样的穿梭走动，也觉别具丰致，决不弱于她的姊妹们。用老旧的比况，西湖的夏是"林下之风"，秦淮河的夏是"闺房之秀"。何况秦淮是夜夜如斯的；在西湖只是一年一度的美景良辰，风雨来时还不免虚度了。

公园码头上大船小船挨挤着。岸上石油灯的苍白芒角，把其他的灯姿和月色都逼得很黯淡了，我们不如别处去。我们甫下船时，远远听得那边船上正缓歌《南吕·懒画眉》，等到我们船拢近来，早已歌阑人静了，这也很觉怅然。我们不如别处去。船渐渐的向三潭印月划动了。

中宵月华的皎洁，是难于言说的。湖心悄且冷；四岸浮动着的歌声人语，灯火的微芒，合拢来却晕成一个繁热的光圈儿围裹着它。我们的心因此也不落于全寂，如平时夜泛的光景；只是伴着少一半的兴奋，多一半的怅惘，软软地跳动着。灯影的历乱，波痕的皱皱，云气的奔驰，船身的动荡……一切都和心象相溶合。柔滑是入梦的惟一象征，故在当时已是不多不少的一个梦。

及至到了三潭印月，灯歌又烂缦起来，人反而倦了。停泊了一歇，绕这小洲而游，渐入荒寒境界；上面欹侧的树根，旁边披离的宿草，三个圆尖石潭，一支秃笔样的雷峰塔，尚同立于月明中。湖南没有什么灯，愈显出波寒月白；我们的眼渐渐饧涩得抬不起来了，终于摇了回去。另一划船上奏着最流行的《三六》，柔曼的和音依依地送我们的归船。记得从前H君有一断句是"遥灯出树明如柿"。我对了一句"倦桨投波密过饧"；虽不是今宵的眼前事，移用却也正好。我们转船，望灯火的丛中归去。

梦中行走般的上了岸，H君夫妇回湖楼去，我们还恋恋于白沙堤上尽徘徊着。楼外楼仍然上下通明，酒人尚未散尽。路上行人三三五五，络绎不绝。我们回头再往公园方面走，泊着的灯船少了一些，但也还有五六条。其中有一船挂着招帘，灯亦特别亮，是卖凉饮及吃食的，我们上去喝了些汽水。中舱端坐着一个画妆的女郎，虽然不见得美，我们乍见，误认她也是客人，后来不知从哪儿领悟出是船上的活招牌，才恍然失笑，走了。

不论如何的疲惫无聊，总得拼到东方发白才返高楼寻梦去；我们谁都是这般期待的。奈事不从人愿，H君夫妇不放心儿女们在湖上深更浪荡，毕竟来叫他们回去。顶小的一位L君临去时只咕噜着："今儿玩得真不畅快！"但仍旧垂着头蹀回去了。只剩下我们，踽踽凉凉如何是了？环又是不耐夜凉的。"我们一淘走罢！"

他们都上重楼高卧去了。我俩同凭着疏朗的水泥栏，一桁楼廊满载着月色，见方才卖凉饮的灯船复向湖心动了，活招牌式的女人必定还支撑着倦眼端坐着呢，我俩同时作此想。叮叮当，叮叮冬，那船在西倾的圆月下响着。远了，渐渐听不真，一阵夜风过来，又是叮……当，叮……冬。

一切都和我疏阔，连自己在明月中的影子看起来也朦胧得甚于烟雾。才想转身去睡；不知怎的脚下蹀躞了一步，于是箭逝的残梦俄然一顿，虽然马上又脱镞般飞驶了。这场怪短的"仲夏夜梦"，我事后至今不省得如何对它。它究竟回过头瞟了我一眼才走的，我哪能怪它。喜欢它吗？不，一点不！

1925年4月13日，北京

陶然亭的雪

小引

悄然的北风，黯然的同云，炉火不温了，灯还没有上呢。这又是一年的冬天。在海滨草草营巢，暂止飘零的我，似乎不必再学黄叶们故意沙沙的作成那繁响了。老实说，近来时序的迁流，无非逼我换了几回衣裳；把夹衣叠起，把绵衣抖开，这就是秋尽冬来的惟一大事。至于秋之为秋，冬之为冬，我之为我，一切之为一切，固依然自若，并无可叹可悲可怜可喜的意味，而且连那些意味的残痕也觉无从觅哩。千条万派活跃的流泉似全然消释于无何有之乡土，剩下"漠然"这么一味来相伴了。看看窗外酿雪的同云，倒活画出我那潦倒的影儿一个。像这样暗哑无声的蠢然一物，除血脉呼吸的轻颤以外，安息在冬天的晚上，真真再好没有了。有人说，这不是静止——静止是没有的——是均衡的动，如两匹马以同速同向去跑着，即不异于比肩站着的石马。但这些问题虽另有人耐烦去想，而我则岂其人呢。所以于我顶顶合式，莫如学那冬晚的停云。（你听见它说过话吗？）无如编辑《星海》的朋友们逼我饶舌。我将怎样呢? ——有了! 在"悄然的北风, 黯然的同云, 炉火不温了, 灯还没有上呢"这个光景下, 令我追忆昔年北京陶然亭之雪。

我虽生长于江南, 而自曾北去以后, 对于第二故乡的北京也真不能无所恋恋了。尤其是在那样一个冬晚, 有银花纸糊褙的顶棚和新衣裳一样绉缫的纸窗, 一半已烬一半还红着, 可以照人须眉的泥炉火, 还有墙外边三两声的担子吆喝。因房这样矮而洁, 窗这样低而明, 越显出天上的同云格外的沉凝欲堕, 酿雪的意思格外浓鲜而成熟了。我房中照例上灯独迟些, 对面或侧面的火光常浅浅耀在我的窗纸上, 似比月色还多了些静穆, 还多了些凄清。当我听见廓落的院子里有脚步声, 一会儿必要跟着"砰"关风门了, 或者"矻搭"下帘子了。我便料到必有寒紧的风在走道的人颈旁拂着, 所以他要那样匆匆的走。如此, 类乎此的黯淡的寒姿, 在我忆中至少可以匹敌江南春与秋的姝丽, 至少也可以使惯住江南的朋友们了解一点名说苦寒的北方, 也有足以系人思念的冬之黄昏啊。有人说, "这岂不将钩惹我们的迟暮之感?"真的! ——可是, 咱们谁又是专喝蜜水的人呢。

总是冬天罢, (谁要你说?)年月日是忘怀了。读者们想决不屑介意于此琐琐的, 所以忘怀倒也没要紧。那天是雪后的下午。我其时住在东华门侧一条曲折的小胡同里, 而G君所居更偏东一些。我们雇了两辆"胶皮", 向着陶然亭去, 但车只雇到前门外大外郎营。(从东城至陶然亭路很远, 冒雪雇车很不便。)车轮咯咯吱吱的切碾着白雪，留下凹纹的平行线，我们遂由南池子而天安门东，渐逼近车马纷填，兀然在目的前门了。街衢上已是一半儿泥泞，一半儿雪了。幸而北风还时时吹下一阵雪珠，蒙络那一切，正如疏朗冥濛的银雾。亦幸而雪在北京，似乎是白面捏的，又似乎是白泥塑的。（往往到初春时，人家庭院里还堆着与土同色的雪，结果是成筐的挑了出去完事。）若移在江南，檐漏的滴搭，不终朝而消尽了。

言归正传。我们下了车，踏着雪，穿粉房琉璃街而南，眩眼的雪光愈白，栉比的人家渐寥落了。不久就远远望见清旷莹明的原野，这正是在城圈里耽腻了的我们所期待的。累累的荒冢，白着头的，地名叫做窑台。我不禁联想那"会向瑶台月下逢"[1]的所谓瑶台。这本是比拟不伦，但我总不住的那么想。

那时江亭之北似尚未有通衢。我们踯躅于白蓑衣广覆着的田野之间，望望这里，望望那里，都很像江亭似的。商量着，偏西南方较高大的屋，或者就是了。但为什么不见一个亭子呢？藏在里边罢？

到拾级而登时，已确信所测不误了。然踏穿了内外竟不见有什么亭子。幸而上面挂着的一方匾；否则那天到的是不是陶然亭，若至今还是疑问，岂非是个笑话。江亭无亭，这样的名实乖违，总使我们怅然若失。我来时是这样预期的，一座四望极目的危亭，无碍无遮，在雪海中沐浴而嬉，宛如回旋的灯塔在银涛万沸之中，浅礁之上，亭亭矗立一般。而今竟只见拙钝的几间老屋，为城圈之中以习见而不一见的，则已往的名流觞咏，想起来真不免黯然寡色了。

1　唐李白《清平调》中语。

然其时雪又纷纷扬扬而下来，跳舞在灰空里的雪羽，任意地飞集到我们的粗呢氅衣上。趁它们未及融为明珠的时候，我即用手那么一拍，大半掉在地上，小半已渗进衣襟去。"下马先寻题壁字"[1]，来来回回的循墙而走，咱们也大有古人之风呢。看看咱们能拾得什么？至少也当有如"白丁香折玉亭亭"[2]一样的句子被传诵着罢。然而竟终于不见！可证"一蟹不如一蟹"这句老话真是有一点意思的。后来幸而觅得略可解嘲的断句，所谓"卅年戎马尽秋尘"者，从此就在咱们嘴里咕噜着了。

　　在曲折廓落的游廊间，当北风卷雪渺无片响的时分，忽近处递来琅琅的书声。谛听，分明得很，是小孩子的。它对于我们十分亲密，因为和从前我们在书屋里所唱出的正是一个样子的。这尽可以使我重温热久未曾尝的儿时的甜酒，使我俯拾眠歌声里的温馨梦痕，并可以减轻北风的尖冷，抚慰素雪的飘零。换一句干脆点的话，就是在清冷双绝的况味中，它恰好给喝了一点热热酽酽的东西，使一切已凝的，一切凝着的，一切将凝的，都软洋洋骅着腰肢不自支持了。

　　书声还正琅琅然呢。我们寻诗的闲趣被窥人的热念给岔开了。从回廊下踅过去，两明一暗的三间屋，玻璃窗上帷子亦未下。天色其时尚未近黄昏，惟云天密吻，酿雪意的浓酣，阡陌明胸，积雪痕的

1　宋周邦彦《清真集》中《浣溪沙》句。

2　我父亲从前在陶然亭见的雪珊女史的题壁诗："柳色随山上鬓青，白丁香折玉亭亭。天涯写遍题墙字，只怕流莺不解听。"

寒皎，似乎全与迟暮合缘；催着黄昏快些来罢。至屋内的陈设，人物的须眉，已尽随年月日时的迁移，送进茫茫昧昧的乡土，在此也只好从缺。几个较鲜明的印象，尚可片片掇拾以告诸君的，是厚的棉门帘一个；肥短的旱烟袋一支；老黄色的《孟子》一册，上有银朱圈点，正翻到《离娄》篇首；照例还有白灰泥炉一个，高高的火苗窜着；以外……"算了罢，你不要在这儿写账哟！"

游览必终之以大嚼，是我们的惯例，这里边好像有鬼催着似的。我曾和我姊姊说过："咱们以后不用说逛什么地方，老实说吃什么地方好了。"她虽付之一笑，却不斥我为胡闹，可见中非无故了。我且曾以之问过吾师。吾师说得尤妙，"好吃是文人的天性"，这更令我不便追问下去。因为既曰天性，已是第一因了。还要求它的因，似乎不很知趣。如理化学家说到电子，心理学家说到本能，生机哲学者说到什么"隐得而希"……

闲言少表。天性既不许有例外，谈到白雪，自然会归到一条条的白面上去。不过这种说法是很辱没胜地的，且有点文不对题。所以在江亭中吃的素面，只好割爱不谈。我只记得青汪汪的一炉火，温煦最先散在人的双颊上。那户外的尖风呜呜的独自去响，倚着北窗，恰好鸟瞰那南郊的旷莽积雪。玻璃上偶沾了几片鹅毛碎雪，更显得它的莹明不滓。雪固白得可爱，但它干净得尤好。酿雪的云，融雪的泥，各有各的意思；但总不如一半留着的雪痕，一半飘着的雪花，上上下下，迷眩难分的尤为美满。脚步声听不到，门帘也不动，屋里没有第三个人。我们手都插在衣袋里，悄对着那排向北的窗。

窗外的几方妙绝的素雪装成的册页。累累的坟,弯弯的路,枝枝枒枒的树,高高低低的屋顶,都秃着白头,耸着白肩膀,危立在卷雪的北风之中。上边不见一只鸟儿展着翅,下边不见一条虫儿蠢然的动(或者要归功于我的近视眼),不用提路上的行人,更不用提马足车尘了。惟有背后已热的瓶笙吱吱的响,是为静之独一异品;然依昔人所谓"蝉噪林逾静"[1]的静这种诠释,它虽努力思与岑寂绝缘终久是失败的哟。死样的寂每每促生胎动的潜能,惟万寂之中留下一分两分的喧哗,使就烬的赤灰不致以内炎而重生烟焰;故未全枯寂的外缘正能孕育着止水一泓似的心境。这也无烦高谈妙谛,只当咱们清眠不熟的时光便可以稍稍体验这番悬谈了。闲闲的意想,乍生乍灭,如行云流水一般的不关痛痒,比强制吾心,一念不着的滋味如何?这想必有人能辨别的。

炉火使我们的颊热,素面使我们的胃饱,飘零的暮雪使我们的心越过越黯淡。我们到底不得不出于一走,到底不得不面迎着雪,脚踹着雪,齐向北快快的走。离亭数十步外有一土坡,上开着一家油厂;厂右有小小的断坟并立。从坟头的小碣,知道一个葬的是鹦鹉;一个名为香冢,想又是美人黄土那类把戏了。只是一件,油厂有狗,喜拦门乱吠。G君是怕狗的;因怕它咬,并怕那未必就吠的狗。而我又是怯登土坡的,雪覆着的坡子滑滑的难走,更有点望之生畏。故我们商量商量,还是别去为妙。

---

1 南朝梁王籍《入若耶溪》诗:"蝉噪林逾静,鸟鸣山更幽。"又宋辛弃疾《稼轩词》中《祝英台近·序》中也有这一段故事。

我们绕坡北去时，G君抬头而望（我记得其时狗没有吠）对我说，来年春归时，种些红杜鹃花在上面。我点点头。路上还商量着买杜鹃花的价钱。……现在呢，然而现在呢？我惆怅着夙愿的虚设。区区的愿原不妨孤负；然区区的愿亦未免孤负，则以外的岂不又可知了。——北京冬间早又见了三两寸的雪，而上海至今只是黯然的同云，说是酿雪，说是酿雪，而终于不来。这令我由不得追忆那年江亭玩雪的故事。

1924年1月12日

略谈杭州北京的饮食

不懂烧菜，我只会吃，供稿于《中国烹饪》很可笑。亦稍有可说的，在我旧作诗词中有关于饮食，杭州西湖与北京的往事两条。

一 词中所记

于庚申、甲子间（1920—1924），我随舅家住杭垣，最后搬到外西湖俞楼。东面一小酒馆曰楼外楼，其得名固由于"山外青山楼外楼"的诗句，但亦与俞楼有关。俞楼早建，当时亦颇有名，酒楼后起，旧有曲园公所书匾额，现在不见了。

既是邻居，住在俞楼的人往往到楼外楼去叫菜。我们很省俭，只偶尔买些蛋炒饭来吃。从前曾祖住俞楼时，我当然没赶上。光绪壬辰赴杭，有单行本《曲园日记》，于"三月"云：

> 初八日，吴清卿河帅、彭岱霖观察同来，留之小饮，买楼外楼醋溜鱼佐酒。

更早在清乾隆时，吴锡麒《有正味斋日记》说他家制醋缕鱼甚美，可见那时已有了。"缕""溜"音近，自是一物。"醋缕"者，盖饰以彩丝所谓"俏头"，与今之五柳鱼相似，"柳"即"缕"也。后来简化不用彩丝，名醋溜鱼。此颇似望文生义，或"溜"即"缕""柳"之音讹。二者孰是，未能定也。

于二十年代，有《古槐书屋词》，许宝骎写刻本。《望江南》三章，其第三记食品。今之影印本，乃其姊宝驯摹写，有一字之异，今录新本卷一之文：

> 西湖忆，三忆酒边鸥。楼上酒招堤上柳，柳丝风约水明楼，风紧柳花稠。 鱼羹美，佳话昔年留。泼醋烹鲜全带冰，（"冰"，鱼生，读去声。）乳莼新翠不须油。芳指动纤柔。
>
> （《双调望江南》之第三）

此词上片写环境。旧日楼外楼，两间门面，单层，楼上悬店名旗帜，所云"楼上酒招堤上柳"，有青帘沽酒意。今已改建大厦，辉煌一新矣。

下片首两句言宋嫂鱼羹，宋五嫂原在汴京，南渡至临安（今杭州），曾蒙宋高宗宣唤，事见宋人笔记。其鱼羹遗制不传，与今之醋鱼有关系否已不得而知，但西湖鱼羹之美，口碑流传已千载矣。

第三句分两点。"泼醋烹鲜"是做法。"烹鱼"语见《诗经》。醋鱼要嫩，其实不烹亦不溜，是要活鱼，用大锅沸水烫熟，再浇上卤汁的。鱼是真活，不出于厨下。楼外楼在湖堤边置一竹笼养鱼，临时采用，我曾见过。"全带冰（柄）"是款式，醋鱼的一部分。客人点了这菜，跑堂的就喊道："全醋鱼带柄"，或"醋鱼带柄"。"柄"有音无字，呼者恐亦不知，姑依其声书之。原是瞎猜，非有所据。等拿上菜来，大鱼之外，另有一小碟鱼生，即所谓"柄"。虽是附属品，盖有来历。词稿初刊本用此字谐声，如误认为有"把柄"之意就不甚妥。后在书上看到"冰"有生鱼义，读仄声，比"柄"切合，就在摹本中改了。可惜读时未抄下书名，现已忘记了。

尝疑"带冰"是"设脍"遗风之仅存者，"脍"字亦作"鲙"，生鱼也。其渊源甚古，在中国烹饪有千余年的历史。《论语》"脍不厌细"即是此品，可见孔夫子也是吃的。晋时张翰想吃故乡的莼鲈，亦是鲈鲙。杜甫《姜七少府设鲙》诗中有"饔人受鱼鲛人手，洗鱼磨刀鱼眼红。无声细下飞碎雪，有骨已剁觜春葱"等句，说鱼要活，刀要快，手法要好，将鱼刺剁碎，撒上葱花，描写得很详细。宋人说鱼片其薄如纸，被风吹去，这已是小说的笔法了。设鲙之风，远溯春秋时代，不知何年衰歇。小碟鱼冰，殆犹存古意。日本重生鱼，或亦与中国的鲙有关。

莼鲈齐名，词中"乳莼新翠不须油"句说到莼菜，在江南是极普通的。苏州所吃是太湖莼。杭州所吃大都出绍兴湘湖，西湖亦有之而量较少。莼羹自古有名。"乳莼"言其滑腻，"新翠"言其秀色，"不须油"者是清汤，连上"烹鲜"（醋鱼）亦不须油。此二者固皆可餐也。《曲园日记》3月22日云：

吾残牙零落，仅存者八，而上下不相当，莼丝柔滑，入口不能捉摸，……因口占一诗云："尚堪大嚼猫头笋，无可如何雉尾莼。"

公时年七十二，自是老境，其实即年青牙齿好，亦不易咬着它，其妙处正在于此。滑溜溜，囫囵吞，诚蔬菜中之奇品，其得味，全靠好汤和浇头（鸡、火腿、笋丝之类）衬托。若用纯素，就太清淡了。以前有一种罐头，内分两格，须两头开启，一头是莼菜，一头是浇头，合之为莼菜汤，颇好。

以上说得很啰唆。却还有些题外闲话。"莼鲈"只是诗中传统的说法，西湖酒家的食单岂限于此。鱼虾，江南的美味。醋鱼以外更有醉虾，亦叫炝虾，以活虾酒醉，加酱油等作料拌之。鲜虾的来源，或亦竹笼中物。及送上醉虾来，一碟之上更覆一碟，且要待一忽儿吃，不然，虾就要蹦起来了，开盖时亦不免。

还有家庭仿制品，我未到杭州，即已尝过杭州味。我曾祖来往苏、杭多年，回家亦命家人学制醋鱼、响铃儿。醋鱼之外如响铃儿，其制法以豆腐皮卷肉馅，露出两头，长约一寸，略带圆形如铃，用油炸脆了，吃起来哗哗作响，故名"响铃儿"。"儿"字重读，杭音也。《梦粱录》曰："中瓦子前谓之五花儿中心"，三字杭音宛然相似，盖千年无改也。后来在杭尝到真品，方知其差别。即如"响铃儿"，家仿者黑小而紧，市售者肥白而松，盖其油多而火旺，家庖无此条件。

唐临晋帖，自不如真，但家常菜亦别有风味，稍带些焦，不那么腻，小时候喜欢吃，故至今犹未忘耳。

二　诗中所记

一九五二壬辰《未名之谣》歌行中关于饮食的，杭州以外又说到北京，分列如下，先说杭州。

> 湖滨酒座擅烹鱼，宁似钱塘五嫂无？
> 盛暑凌晨羊汤饭，职家风味思行都。

这里提到烹鱼、羊汤饭。吴自牧《梦粱录》曰：

> 杭城市肆各家有名者，如……钱塘门外宋五嫂鱼羹……中瓦前职家羊饭。

> （卷十三"铺席"）

钱塘是临西湖三城门之一，非泛称杭州。瓦子是游玩场所，中瓦即中瓦子。

"羊汤饭"，须稍说明。这个题目原拟写入《燕知草》，后因材料不够就搁下了。二十年代初，我在杭州听舅父说有羊汤饭，每天开得极早，到八点以后就休息了。因有点好奇心，说要去尝尝，后来舅父果然带我们去了，在羊坝头，店名失忆。记得是个夏天，起个大清早，到了那边一看，果然顾客如云，高朋满座。平常早点总在家吃，清晨上酒馆见此盛况深以为异，食品总是出在羊身上的，白煮为多，甚清洁。后未再往。看到《梦粱录》《武林旧事》，皆有"羊饭"之名，"羊汤饭"盖其遗风。所云"职家"等疑皆是回民。诗云"行都"，南渡之初以临安为行在，犹存恢复中原意。

北来以后，京中羊肉馆好而且多，远胜浙杭。但所谓"爆、烤、涮"却与羊汤饭风味迥异，羊汤饭盖维吾尔族传统吃羊肉之法，迄今西北犹然，由来已久。若今北京之东来顺、烤肉宛的吃法或另有渊源，为满、蒙之遗风欤。

说到北京，其诗下文另节云：

> 杨柳旗亭堪系马，却典春衣无顾藉。
> 南烹江腐又潘鱼，川闽肴蒸兼貊炙。

首二句比拟之词不必写实。如京中酒家无旗亭系马之事。次句用杜诗"朝回日日典春衣"，我不曾做官，何"典春衣"之有？且家中人亦必不许。"无顾藉"，不管不顾，不在乎之意，言其放浪耳。

但这两句亦有些实事作影，非全是瞎说。在上学时，我有一张清人钱杜（叔美）的山水画，簇新全绫裱的。钱氏画笔秀美，舅父夙喜之，但这张是赝品，他就给了我，我悬在京寓外室，不知怎的就三文不当两文地卖给打鼓儿的了。固未必用来吃小馆，反正是瞎花掉了，其谬如此，故云"无顾藉"也。如要在诗中实叙，自不可能。至于"杨柳旗亭堪系马"，虽无"系马"事，而"杨柳旗亭"，略可附会。

北京酒肆中有杨柳楼台的是会贤堂。其地在什刹前海的北岸。什刹海垂杨最盛，更有荷花。会贤堂乃山东馆子，是个大饭庄，房舍甚多，可办喜庆宴会，平时约友酒叙，菜亦至佳。夏日有冰碗、水晶肘子、高力莲花、荷叶粥，皆祛暑妙品。冬日有京师著名的山楂蜜糕。我只是随众陪座，未曾单去。大饭庄是不宜独酌的。芦沟桥事变后，就没有再到了，亦不知其何时歇业。在作歌时，此句原是泛说，非有所指。现在想来，如指实说，却很切合，谁也看不出有什么差错来。可见说诗之容易穿凿附会也。

我虽久住北京，能说的饮馔却亦不多，如下文纪实的。"南烹江腐又潘鱼"，谓广和居。原在宣外北半截胡同，晚清士夫觞咏之地。我到京未久，曾随尊长前往，印象已很模糊。其后一迁至西长安街，二迁至西四丁字街，其地即今之同和居也。

"南烹"谓南方的烹调，以指山东馆似不恰当，但山东亦在燕京之南，而下文所举名菜也是南人教的。"江豆腐"传自江韵涛太守[1]，用碎豆腐，八宝制法。潘鱼，传自潘耀如编修，福建人（俗云潘伯寅所传，盖非），以香菇、虾米、笋干作汤川鱼，其味清美。又有吴鱼片

1　以上三条所记人名，俱见夏孙桐（闰枝）《观所尚斋诗存·广和居记事诗》注，其言当可信。——作者原注

汤传自吴慎生中书，亦佳。以人得名的肴馔，他肆亦有之，只此店有近百年的历史，故记之耳。我只去过一次，未能多领略。

北京乃历代的都城，故多四方的市肆。除普通食品外，各有其拿手菜，不相混淆，我初进京时犹然。最盛的是山东馆，就东城说，晚清之福全馆，民初之东兴楼皆是。若北京本地风味，恐只有和顺居白肉馆。烧烤，满蒙之遗俗。

"川闽肴蒸兼貊炙。"说起川馆，早年宣外骡马市大街瑞记有名，我只于1925年随父母去过一次。四川菜重麻辣，而我那时所尝，却并不觉得太辣。这或由于点菜"免辣"之故，或有时地、流派的不同。四川菜大约不止一种。如今之四川饭店，风味就和我忆中的瑞记不同。又四十年代北大未迁时，景山东街开一四川小铺，店名不记得。它的回锅肉、麻婆豆腐，的确不差，可是真辣。

闽庖善治海鲜，口味淡美，名菜颇多。我因有福建亲戚，婶母亦闽人，故知之较稔。其市肆京中颇多。忆二十年代东四北大街有一闽式小馆甚精，字号失记。那时北洋政府的海军部近十二条胡同，官吏多闽人，遂设此店，予颇喜之。店铺以外还有单干的闽厨（他省有之否，未详），专应外会筵席，如我家请教过的有王厨（雨亭）、林厨。某厨之称，来源已久，如宋人记载中即有"某厨开沽"之文，不止一姓。以厨丁为单位，较之招牌更为可靠。如只看招牌，贸贸然而往，换了"大师傅"，则昨日今朝，风味天渊矣。"吃小馆"是句口头语，却没有说吃大馆的，也是同样的道理。

貊炙有两解，狭义的可释为"北方外族的烤肉"，广义借指西餐。上海人叫大菜，从英文译来的，亦有真赝之别，仿制的比原式似更对吾人的胃口。上海一般的大菜中国化了，却以"英法大菜"号召，亦当时崇洋风气。北京西餐馆，散在九城，比较有地道洋味的，多在崇文门路东一带（路西广场，庚子遗迹），地近使馆区。

西餐取材比中菜简单些。以牛肉为主，羊肉次之，猪肉为下。"猪肉和豆"是平民的食品。我时常戏说，你如不会吃带血的牛排，那西洋就没有好菜了。话虽稍过，亦近乎实。西餐自有其优点，如"桌仪"、肴馔的次序装饰等，却亦有不大好吃的，自然是个人的口味。如我在国内每喜喝西菜里的汤，但到了英国船上却大失所望。名曰"清汤"，真是"臣心如水的汤"，一点味也没得，倒有些药气味。西洋例不用味精，宜其如此。英国烹调本不大高明，大陆诸国盖皆胜之。由法、意而德、俄，口味渐近东方，我们今日还喜啜俄国红菜汤也。

又北京的烤肉，远承毡幕遗风，直译"貊炙"，最为切合。但我当时想到的却是西餐里的牛排。《红楼梦》中的吃鹿肉，与今日烤肉吃法相同，只用鹿比用牛羊更贵族化耳。

我从前在京喜吃小馆，后来兴致渐差，1975年患病后，不能独自出门就更衰了。1950年前《蝶恋花》词有"驼陌尘踪如梦寐"，"麦酒盈尊容易醉"等句，题曰"东华醉归"，指东华门大街的"华宫"，供应俄式西餐，日本式鸡素烧。近在西四新张的西餐厅遇见一服务员，云是华宫旧人，他还认识我，并记得吾父，知其所嗜。其事至今三十余年，若我初来京住东华门时，数将倍焉。韶光水逝，旧侣星稀,于一饮一啄之微,亦多怅触,拉杂书之,辄有经过黄公酒垆之感,又不止"襟上杭州旧酒痕"已也。

1982年5月1日北京

（原载1982年8月28日《中国烹饪》双月刊第四期）

吃在这个年头

　　吃的问题，在孩子群中，研究起来最有兴趣：那是因为孩子们对于吃的态度，十分认真之故。朋友H君曾和我谈过，记得他小时曾吃过苏州采芝斋的松子糖，以为是天下之至美，仿佛一直没有吃够过。其后久不得吃，想起来还觉得津津有味。大约在十多年之后罢，偶有机缘，又得把该处的松子糖畅吃一顿，觉得其味亦不过尔尔，失望之余，犹如失去了一个亲密的小友。假定糖不会变味的话，那一定是人渐渐地老了，舌头都近于麻木，对于好吃的东西，都感不出亲切的味道了。……不由地引起了一点淡淡的悲哀。我当时听了很觉同情。其后一想，悲哀似可不必，尤其不关舌头的事。大概还是人一年年的大了，遂逐渐高雅起来，不好意思单纯的表示好（去声）吃而已。久而久之，忘却了不好意思的动机，乃愈增加其叹老嗟衰的高雅了。其实呢，大人尽管笑话小孩子，试问"大人果能三日不食"乎？

　　不必说"大人"了，便是"伟人""圣人"，只要是人，长了嘴，便人人要吃，天天要吃。普遍是普遍极了；伟大是伟大极了；讨厌呢，也确实讨厌极了。古来不少聪明的人，自然早已有见及此。要打破这种讨厌劲儿，想方设法，不厌其多。辟谷轻身之外，譬如走过屠户的门，便动几下嘴巴，或者画个饼儿看着之类。皆主张以"空吃"为主，所谓精神的安慰是也。甚至于想到"秀色可餐"，直要吃到朱樱翠黛之间的一种美丽的光华，则更觉玲珑剔透，匪夷所思。可惜他们虽主张空吃，却不能根本不提起吃，情之所钟，正在我辈，奈何，奈何。而且"空吃"的调儿一面尽管高唱入云，一面却仍是要一日三餐，老老实实，实实在在地嚼了下去，尤其是无可奈何中之无可奈何者也。

人当徘徊瞻眺于有吃与没吃之间，必无暇再研讨爱吃与不爱吃之雅；然而天下之口，有同嗜焉，好吃的终究是好吃。或者在把窝头撑起了一半胃壁的时候，仍不免要做着一碗清蒸鲥鱼的梦，或一盘炒虾仁的梦，这实在更要不得，简直是"那还了得！"这不是"需要"了，不过是一种"偏好"或"癖嗜"，殊有加以矫正的必要。然而忧时之士，似乎也可不必过于担心。这不过是个梦罢了；即令他们把虾仁鲥鱼，甚或樱桃荔枝，组成一个美丽的梦，在"空"中飘浮起来，只要碰着一点强硬的空气，把它碰得粉碎的时候，他一定愕然而止，任何偏嗜，都可消失无踪。就使你再三体贴，再四去垂询他的意见，他一定也是木木然，想都想不起来了。此则以吾家近事，可以为证：

在对虾初上市的时候，不要说吃，看着都颇有过瘾之感的。有一天吾母去买菜，看见对虾，忽然"飘起了美丽的梦"；一步步挪到摊子跟前，喋喋问价，（买得成否，那是另一问题，梦的现实性，是专家还没有研究出来吗？）摆摊的尚未答言，突由旁边闯过油晃晃的厨师傅一名,挺起装满法币的大口袋,伸出巨灵之掌,把我母一推,大声叱曰:"去,去!你买不起,别耽误事儿。"我母逡巡而归,回家一说,美梦一齐打破,全家静默三分钟。阿门!

原载1947年7月1日《论语》一三二期

芝田留梦记

　　湖上的华时显然消减了。"洞庭波兮木叶下。"何必洞庭，即清浅如西子湖也不免被渐劲的北风唤起那一种雄厉悲凉的气魄。这亦复不恶，但游人们毕竟只爱的是"华年"，大半望望然去了。我们呢，家于湖上的，非强作解人不可。即使有几个黄昏，遥见新市场的繁灯明灭，动了"归欤"之念，也只在堤头凝望而已。

　　在杭州小住，便忽忽六年矣。城市的喧阗，湖山的清丽，或可以说尽情领略过了。其间也有无数的悲欢离合，如微尘一般的跳跃着在。于这一意义上，可以称我为杭州人了。最后的一年，索性移家湖上，也看六七度的圆月。至于朝晖暮霭，日日相逢，却不可数计。这种清趣自然也有值得羡慕之处。——然而，啖甘蔗的越吃到根便越甜，我们却越吃下去越不是味儿了。这种倒啖甘蔗的生活法，说起来令人悒悒，却不是此地所要说的。

　　湖居的一年中，前半段是清闲极了，后半段是凄恻极了。凉秋九月转瞬去尽，冬又来了。白天看见太阳，只是这么淡淡的。脚尖蹴着堤上的碎沙，眼睛盯着树下成堆的黄叶。偶然有三三两两乡下人走过去，再不然便是邻居，过后又寂然了。回去，家中人也惨怛无欢，谈话不出感伤的范围，相对神气索然。到图书馆去，无非查检些关于雷峰塔故事的书，出来一望，则青黛的南屏前，平添了块然的黄垄，千岁的醉翁颓然尽矣！

这还是碰着晴天呢，若下雨那更加了不得。江南的寒雨说有特具的丰神，如您久住江南的必将许我为知言。它的好处，一言蔽之，是能彻心彻骨的洗涤您。不但使你感着冷，且使它的冷从你骨髓里透泄出来。所剩下几微的烦冤热痛都一丝一缕地蒸腾尽了。惟有一味是清，二味是冷，与你同在。你感着悲哀了。原来我们的悲哀，名说而已，大半夹杂了许多烦恼。只有经过江南兼旬的寒雨洗濯后的心身，方才能体验得一种发浅碧色，纯净如水晶的悲哀。这是在北方睡热炕，喝白干，吃爆羊肉的人所难得了解的，他们将哂为南蛮子的癖气。

我宁耐着心情，不厌百回读似的细听江南的雨，尤其是洒落在枯叶上的寒雨，尤其是在夜分或平旦乍醒的时光，听那雨声的间歇的突发。

也是阴沉沉的天色，仿佛在吴苑西桥旁的旧居里。积雨初收，万象是十分的恬静，只浓酣的白云凝滞不飞，催着新雨来哩。萧寥而明瑟，明瑟而兼荒寒的一片场圃中，有菜畦，晚菘是怎样漂亮的；又有花径，秋菊是怎样憔悴的。环圃曲墙上的蛎粉大半剥落了。离墙四五尺多，离离地植着黄褐的梧桐，紫的柏，丹的枫，及其他的杂树。有几株已光光的打着颤，其余的也摇摇欲坠了。简介说，那旧家的荒圃，被笼络在秋风秋雨间了。

江南之子哟，你应当认识，并应当欣赏（appreciate）那江南。秋风来时，苍凉悲劲中，终含蓄着一种入骨的袅娜。你侧着耳，听落叶的嘶叫确是这般的微婉而凄抑，就领会到西风渡江后的情致了。一样的摇落，在北方是干脆，在我们那里是缠绵呢。这区别是何等的有趣，又是何等的重要。北方的朋友们如以此斥我们为软媚，则我是当仁不让的。

说起雨来，江南入夏的雨，每叫人起腻。所谓"梅子黄时雨"，若被所谓解人也者领略了去，或者又是诱惑之一。但我们这些住家人，却十中有九是讨厌它的。冬日的寒雨，趣味也是特殊的，如上所说。惟当春秋佳日，微妙的尖风携着清莹的酥雨，洒洒刺刺的悠然来时，不论名花野草，紫蝶黄蜂同被着轻松松的沐浴，以后或得微云一冪，或得迟日一烘，纲缊出一种醺醉的杂薰；这种眩媚真是仪态万方，名言不尽的。想来想去，"照眼欲流"，倒是一种恰当的写法。若还不恍然，再三去审度它的神趣，那就嫌其唐突了。

今天，满城风雨的清秋节，似乎荒圃中有什么盛会，所以"冠裳云集"了。来的总是某先生某太太小姐之徒，谁耐烦替他们去唱名——虽然有当日的号簿可证。我只记一桩值得记的风流韵事（romance）。

我将怎样告诉你呢？老老实实，规规矩矩的直言拜上，还是兜个圈子，跑荡野马呢？真令我两为难，说得老实了，恐怕你用更老实的耳朵去听，以致缠夹；目下老实人既这般众多，我不能无戒心。说得俏皮一点，固然不错，万一你又胡思乱想，横生误会，又怎样办呢？目今的"误会"两字又这样的时髦！这便如何是好？不说不行，只有乱说，所谓"说到那里是那里"，"船到弯头自会直"，这种行文的秘诀，你的修辞学讲义上怕还未必有。

在圆朗的明月中，碧玉的天上漾着几缕银云，有横空一鹤，素翅盘旋，依依欲下；忽然风转雪移，斗发一声长唳，冲天去了。那时的我们凭栏凝望，见它行踪的飘泊，揣它心绪的迟徊，是何等的痛惜，是何等的渴想呢。你如有过这种感触，那么，下边的话于你是多余的——虽然也不妨再往下看。

遥遥的望见后，便深深的疑讶了。这不是 C 君吗？七八年前，在北京时，她曾颠倒过我的梦魂。只是那种闲情，以经历年时之久而渐归黯淡。这七八年中，我不知干了些什么生，把前尘前梦都付渺茫了。无奈此日重逢，一切往事都活跃起来，历历又在心头作奇热了。"正是江南好风景，落花时节又逢君"；不过是两个老头儿对唱个肥喏罢了，尚且肉麻到如此。何况所逢的是佳丽，更当冷清清的时节呢。

昔日的靓妆，今朝偏换了缟素衣裳；昔日的憨笑丰肌，今朝又何其掩抑消瘦，若有所思呢？可见年光是不曾饶过谁的，可见芳华水逝是终究没有例外的，可见"如何对摇落，况乃久风尘"这种哀感是万古不易磨灭的。幸而凭着翦翦秋水的一双眸子，乍迎乍送，欲敛未回，如珠走盘，如星丽天，以证她的芳年虽已在路上，尚然逡巡着呢。这是当年她留给我的惟一的眩惑哟！

她来在我先，挽着一个十三四岁的女婢坐在前列。我远远的在后排椅上坐了。不知她看见我没有，我只引领凝视着。

当乐声的乍歇，她已翩然而举，宛转而歌了。一时笑语的喧哗顿归于全寂，惟闻沉着悲凉的调子，迸落自丹唇皓齿间，屡掷屡起，百折千回的绵延着。我屏息而听，觉得胸膈里的泥土气，渐渐跟着缥缈的音声袅荡为薄烟，为轻云了。心中既洞然无物，几忘了自己坐在那里，更不知坐得有多们久。不知怎的瞿然一惊，早已到了曲终人杳的时分，看见她扶着雏婢，傍着圃的西墙缓缓归去。

我也惘惘然走了罢！信步行去，出圃的东门，到了轿厅前，其时暂歇的秋雨，由萧疏而紧密，渐潺湲地倾注于承檐外，且泛滥于厅和门道间的院落里。雨丝穿落石隙，花花的作小圆的漩涡，那积潦之深可见了。

在此还邀得一瞬的逢迎，真是临歧的惠思啊。我看她似乎不便径跨过这积水的大院，问她要借油屐去吗。她点点头，笑了笑。我返身东行，向桐阴书舍里，匆匆的取了一双屐，一把油纸伞。再回到厅前，她已远在大门外。（想已等得不耐烦。）我想追及她。

惟见三五乘已下油碧帷的车子，素衣玄鬓的背影依依地隐没了。轮毂们老是溜溜的想打磨陀，又何其匆忙而讨厌呢。——我毕竟追及她。

左手搴着车帷，右手紧握她的手，幽抑地并坚决地说："又要再见啦！"以下的话语被暗滋的泪给哽咽住了。泪何以不浪浪然流呢？想它又被什么给挡回去了。只有一味的凄黯，迎着秋风，冒着秋雨，十分的健在。

冰雪聪明的，每以苦笑掩她的悲恻。她垂着眼，嗫嚅着："何必如此呢，以后还可以相见的。"我明知道她当我小孩子般看，调哄我呢；但是我不禁要重重的吻她的素手。

车轳辘，格磷磷的转动了，我目送她的渐远。

才过了几家门面，有一辆车打回头，其余的也都站住。又发生什么意外呢？我等着。

"您要的蜜渍木瓜，明儿我们那边人不得空，您派人来取罢。"一个从者扳着车帷这样说。

"这样办也好。你们门牌几号？"

他掏出一张黯旧的名片，我瞟了一眼，是"□街五十一号康□□铺"。以外忘了，且全忘了。

无厌无疲的夜雨在窗外枯桐的枝叶上又潇潇了。高楼的枕上有人乍反侧着，重衾薄如一张纸。

1924年11月20日在杭州湖上成梦，

1925年2月20日，北京

（选自上海开明书店1930年6月版《燕知草》）

清河坊

　　山水是美妙的俦侣，而街市是最亲切的。它和我们平素十二分稔熟，自从别后，竟毫不踌躇，蓦然闯进忆之域了。我们追念某地时，山水的清音，其浮涌于灵府间的数和度量每不敌城市的喧哗，我们太半是俗骨哩！（至少我是这么一个俗子。）白老头儿舍不得杭州，却说"一半勾留为此湖"；可见西湖在古代诗人心中，至多也只沾了半面光。那一半儿呢？谁知道是什么！这更使我胆大，毅然于西湖以外，另写一题曰"清河坊"。读者若不疑我为火腿茶叶香粉店作新式广告，那再好没有。

　　我决不想描写杭州狭陋的街道和店铺，我没有那般细磨细琢的工夫，我没有那种收集零丝断线织成无缝天衣的本领，我只得藏拙。我所亟亟要显示的是淡如水的一味依恋，一种茫茫无羁泊的依恋，一种在夕阳光里，街灯影傍的依恋。这种委婉而入骨三分的感触，实是无数的前尘前梦酝酿成的，没有一桩特殊事情可指点，也不是一朝一夕之功。我实在不知从何说起，但又觉得非说不可。环问我："这种窘题，你将怎么做？"我答："我不知道怎样做，我自信做得下去。"

　　人和"其他"外缘的关联，打开窗子说亮话，是没有那回事。

真的不可须臾离的外缘是人与人的系属，所谓人间便是。我们试想：若没有飘零的游子，则西风下的黄叶，原不妨由它们花花自己去响着。若没有憔悴的女儿，则枯干了的红莲花瓣，何必常夹在诗集中呢？人万一没有悲欢离合，月即使有阴晴圆缺，又何为呢？怀中不曾收得美人的倩影，则入画的湖山，其黯淡又将如何呢？……一言蔽之，人对于万有的趣味，都从人间趣味的本身投射出来的。这基本趣味假如消失了，则大地河山及它所有的兰因絮果毕落于渺茫了。在此我想注释我在《鬼劫》中一句费解的话："一切似吾生，吾生不似那一切。"

离题已远，快回来吧！我自述鄙陋的经验，还要"象煞有介事"，不又将为留学生所笑乎？其实我早应当自认这是幻觉，一种自骗自的把戏。我在此所要解析的，是这种幻觉怎样构成的。这或者虽在通人亦有所不弃罢。

这儿名说是谈清河坊，实则包括北自羊坝头，南至清河坊这一条长街。中间的段落各有专名，不烦枚举。看官如住过杭州的，看到这儿早已恍然；若没到过，多说也还是不懂。杭州的热闹市街不止一条，何以独取清河坊呢？我因它逼窄得好，竟铺石板不修马路亦好，认它为典型的（typical）杭州街。

我们雅步街头，则矻磴矻磴地石板怪响，而大嚷"欠来！欠来！"的洋车，或前或后冲过来了。若不躲闪，竟许老实不客气被车夫推搡一下，而你自然不得不肃然退避了。天晴还算好；落雨的时候，那更须激起石板洼隙的积水溅上你的衣裳，这真糟心！这和被北京的汽车轮子溅了一身泥浆是仿佛的;虽然发江南热的我觉得北京的汽车是老虎,(非彼老虎也!)而杭州的车夫毕竟是人。你拦阻他的去路,他至多大喊两声,推你一把,不至于如北京的高轩哀嘶长喉地过去,似将要你的一条穷命。

那怕它十分喧阗,悠悠然的闲适总归消除不了。我所经历的江南内地,都有这种可爱的空气;这真有点儿古色古香。

我在伦敦纽约虽住得不久,却已嗅得欧美名都的忙空气;若以彼例此,则藐乎小矣。杭州清河坊的闹热,无事忙耳。他们越忙,我越觉得他们是真闲散。忙且如此,不忙可知。——非闲散而何?

我们雅步街头,虽时时留意来往的车子,然终不失为雅步。走过店窗,看看杂七杂八的货色,一点没有橱窗(Show Window)的规范,但我不讨厌它们。我们常常去买东西,还好意思摔什么"洋腔"呢?

我俩和娴小姐同走这条街的次数最多,她们常因配置些零星而去,我则瞎跑而已。有几家较熟的店铺差不多没有不认识我们的。有时候她们先到,我从别处跑了去,一打听便知道,我终于会把她们追着的。大约除掉药品书报糖食以外,我再不花什么钱,而她们所买绝然不同;都大包小裹的带回了家,挨到上灯的时分。若今天买的东西少,时候又早,天气又好,往往雇车到旗下营去,从繁热的人笑里,闲看湖滨的暮霭与斜阳。"微阳已是无多恋,更苦遥青著意遮。"我时时看见这诗句自己的影子。

清河坊中,小孩子的油酥饺是佩弦以诗作保证的;我所以时常去买来吃。叫她们吃,她们以在路上吃为不雅而不吃;常被我一个人吃完了。油酥饺冰冷的,您想不得味罢。然而我竟常买来吃,且一顿便吃完了。您不以为诧异吗?不知佩弦读至此如何想?他不会得说:"这是我一首诗的力啊!"

我收集花果的本领真太差,有些新鲜的果子,藏在怀中几年之后,不但香色无复从前,并且连这些果子的名目,形态,影儿都一起丢了。这真是所谓"抚空怀而自惋"了。譬如提到清河坊,似有层层叠叠感触的张本在那边,然细按下去,便觉洞然无物。即使不是真的洞然,也总是说它不出。在实际上,"说不出"与"洞然"的差别,真是太小了。

在这狭的长街上,不知曾经留下我们多少的踪迹。可是坚且滑的石板上,使我们的肉眼怎能辨别呢?况且,江南的风虽小,雨却豪纵惯了的。暮色苍然下,飒飒的细点儿,渐转成牵丝的"长脚雨",早把这一天走过的千千人的脚迹,不论男的女的老的少的村的俏的,洗刷个干净。一日且如此,何论旬日;兼旬既如此,何论经年呢!明日的人儿等着哩,今日的你怎能不去!不看见吗?水上之波如此,天上之云如斯;云水无心,"人"却多了一种荒唐的眷恋,非自寻烦恼吗?若依颉刚的名理推之,烦恼是应当自己寻的;这却又无以难他。

我由不得发两句照例的牢骚了。天下惟有盛年可贵,这是自己证明的真实。梦阑酒醒,还算个什么呢;千金一刻是正在醉梦之中央。我们的脚步踏在土泥或石上,我们的语笑颤荡在空气中,这是何等的切实可喜。直到一切已黯淡渺茫,回首有凄惝的颜色,那时候的想头才最没有出息；一方面要追挽已逝的芳香，一方面妒羡他人的好梦。去了的谁挽得住，剩一双空空的素手；妒羡引得人人笑，我们终被拉下了。这真觉得有点犯不着，然而没出息的念头，我可是最多。

匆匆一年之后，我们先后北来了。为爱这风尘来吗？还是逃避江南的孽梦呢？娴小姐平日最爱说"窝逸"。破烂的大街，荒寒的小胡同，时闻瑟缩的枯叶打抖，尖厉的担儿吆喝，沉吟的车轱辘的话语，一灯初上，四座无言；她仍然会说"窝逸"吗？或者斗然猛省，这是寂寞长征的一尖站呢？我毕竟想不出她应当怎样着想方好。

我们再同步于北京的巷陌，定会觉得异样；脚下的尘土，比棉花还软得多哩。在这样的软尘中，留下的踪迹更加靠不住了，不待言。将来万一，娴小姐重去江南，许我谈到北京的梦，还能如今日谈杭州清河坊巷这样的洒脱吗？"人到来年忆此年。"想到这里，心渐渐的低沉下去，另有一幅飘零的图画影子，烟也似的晃荡在我眼下。

话说回来，干脆了当！若我们未曾在那边徘徊，未曾在那边笑语；或者即有徘徊笑语的微痕而不曾想到去珍惜它们，则莫说区区清河坊，即十百倍的胜迹亦久不在话下了。我爱诵父亲的诗句：

只缘曾系乌篷艇，野水无情亦耐看。

1925年10月23日，北京。

（选自上海开明书店1930年6月版《燕知草》）

月下老人祠下

君忆南湖荡桨时，老人祠下共寻诗。

而今陌上花开日，应有将雏旧燕知。

闲兄最怕读拙作的小引，在此于是不写，但是——在1922年11月20日上找着一段日记，"节抄无趣，剪而贴之"。

午偕环在素香斋吃素，湖滨闲步，西园啜茗。三四妹来，泛舟湖中，泊白云观，景物清绝。有题壁诗四章，各默记其一而归，录其较佳者："胡蝶交飞江上春，花开缓缓唤归人。至今越国如花女，荡桨南湖学拜神。"更泛舟西泠，走苏堤上吃橘子。

更于抵京之后，12月11日写给环的歪诗上找着几句：

街头一醉，依然无那荒寒，北风浇鬓，京洛茫茫尘土。冷壁寻诗，长堤买橘，犹记南湖荡桨侣。

够了，再讲下去岂非引子乎？然此亦一引子也，闲其谓我何？况彼其时以"读经"故而不曾去乎？（谨遵功令，采用文言，高山滚鼓，诸公谅之。）

"人生能几清游？"除却这个，陈迹的追怀久而不衰，殆有其他的缘由在。

从天之涯海之角，这样悄悄地慢慢地归来。发纽约城过蒙屈利而，绝落机山至温哥华，更犯太平洋之风涛而西，如此走了二十三天，飘飘然到了杭州城站。真不容易呀！但您猜一猜，我住了几天？不含糊，不多也不少，三天。

尖而怪的高楼，黑而忙的地道，更有什么汽车（bus），出租车（taxi）等等，转瞬不见了。枯林寒叶的蒙屈利而[1]，积雪下的落机山[2]，温煦如新秋的温哥华，嘶着吼着的太平洋，青青拥髻的日本内海，绿阴门巷的长崎，疏灯明灭的吴淞江上，转瞬又不见了，只有一只小小的划子，在一杯水的西湖中，摆摇摇地。云呀，山呀，……凡伴着我的都是熟人哩。非但不用我张罗，并且不用我说话，甚而至于不用我去想。其滋味有如开笼的飞鸟，脱网的游鱼，仰知天地的广大，俯觉吾身之自在。月余凝想中的好梦，果真捏在手心里，反空空的不自信起来。我惟有惘惘然，"我回来了"。

冬天的游人真少，船到了漪园，依然清清冷冷的。从殿宇旁踅进去，便是老人的祠宇。前后两院落，中建小屋三楹，龛内老人披半

---

1 指加拿大的蒙特利尔。

2 在美国境内。

旧红袍，丰颐微须，面浅赭色，神仪俊朗，佳塑也。前后四壁，匾额对联实之。照例，好的少。其中有一联，并无他好，好在切题，我还记得："愿天下有情人都成了眷属，是前生注定事莫错过姻缘。"岂是老人的宣传标语耶？妙矣。

清绝的神祠，任我们四人徘徊着。曾否吃茶，曾否求签，都有点茫然。大概签是未求，因记载无考焉。茶是吃了，因凡湖上诸别墅的茶自来来得好快，快于游人的脚步。当溜烟未能之顷，而盖碗叮当，雨前龙井之流已缓缓来矣。好快的缘故，在我辈雅人是不忍言的哟。

茶已泡了，莫如老实不走，我们渐徘徊于庭院间。说是冬天，记得也有点儿苍苔滑擦。"下马先寻题壁字"，我们少不得循墙而瞅，明知大概是有点"岂有此理"的，然而反正闲着，瞅瞅何妨。这一回却出"意表之外"，在东墙角上见一方秀整的字迹，原来竟是诗！（题者的名姓失记。既非女史，记之何为？此亦例也。）不但是诗，而且恰好四首，我们便分头去记诵，赌赛着。结果，我反正没有输给她们就是。至于"蝴蝶"云云也者是第一章，大家都记住了。

"老人祠下共寻诗"的事实，只如上记。说到感想未必全无，而在我，我们只是泛泛的闲适而已，说得那怕再露骨点，自己觉得颇高雅而已，可没有别的了。环应当说"是的呀"。若娴珣二君复何所感，愧我脑子笨，当时未曾悬揣；此刻呢，阿呀，更加不敢武断。——这当然太顽皮了。

踯躅于荒祠下，闲闲的日子去得疾呵。我们还须重打桨北去西泠。其时日渐西颓,湖风悄然,祠下频繁的语笑,登舟后顿相看以寂寞。左眺翠紫的南屏山,其上方渲晕以浅红的光霭,知湖上名姝已回眸送客,峭厉的黄昏,主人公般快回来了。而其时我们已在苏堤上买橘子吃。

弥望皆髡秃的枯桑,苏堤似有无尽的长,我们走向那里去?还是小立于衰草摇摇的桥埂罢。恰好有卖橘子的。橘子小而酸,黄岩也罢,塘栖也罢,都好不了。但我们不买橘子更何为呢?于是遂买。买来不吃又何为呢?于是便吃。在薄晚的西北风中,吃着冷而酸的橘子,都该记得罢?诸君。

太平洋的风涛澎湃于耳边未远,而京华的尘土早浮涌于眼下来,却借半日之闲,从湖山最佳处偷得一场清睡;朦胧入梦间,斗然想起昨天匆匆的来时,迢迢的来路,更不得不想到明天将同此匆匆而迢迢的去了。这般魂惊梦怯的心情,真奈何它不得的。我惟有惘惘然,"我回来了?"

1927年10月31日,北京

(选自上海开明书店1930年6月版《燕知草》)

冬晚的别

　　我俩有一晌沉沉的苦梦，几回想告诉你们总怕你们不信。这个沉沉只是一味异乎寻常的沉沉，决不和所谓怅惘酸辛以及其他的，有几分类似。这是梦，在当年已觉得是不多不少的一个梦，亦非今日追寻迷离若梦之谓。沉沉有一种别解，就是莫名其妙的纳闷；所以你们读后，正正经经地纳闷起来，那是怪我写不出；若你们名其妙而不纳闷，还该怪我写不出。——除非你们有点其妙有点儿莫名，有点儿纳闷又有点儿不，那么，我才不至于算"的确不行"。你们想，我是不是"顶子石头做戏"？

　　有生则不能无别，有别则不能无恨，既有别恨则不得不低眉啜泣，顿足号咷。想起来"黯然销魂者，唯别而已矣"这句老话，真能摄尽南来北往无量无边的痴呆儿女的精魂，这枝五色笔总算货真价实，名下无虚，姑且不论。任我胡诌，人间苦别，括以三端：如相思万里，一去经年，此远别也；或男的要去从军，女的要去出阁，（这是"幽默"，切勿"素朴"视之！）此惨别也；人天缘尽，莫卜他生，此没奈何别也。我们的别偏偏都不是的。

　　当十一年一月（辛酉的十二月）五日，自沪返杭，六日至八日入南山小住，八日至十二日间我再去上海，而环在杭州。这可谓极小的小别，也几乎不能算是别，而我们偏要大惊小怪的，以为比上述那三种"象煞有介事"的别更厉害凶险些；并且要声明，无论你们怎样的斟情酌理，想它不通，弄它不清楚，纳闷得可观，而我们总一口咬定，事情在我们心上确是如此这般经过的了。

《雪朝》上有几首《山居杂诗》就是那时候写的："留你也匆匆去，送你也匆匆去，然则——送你罢！""把枯树林染红了，紫了，夕阳就将不见了。""都是捡木柴的，都是扫枯叶儿的，正劈栗花喇的响哩。""山中的月夜，月夜的山中，露华这般重，微微凝了，霜华也重，有犬吠声叫破那朦胧。""相凭在暗的虚廊下，渐相忘于清冷之间；忽然——三四星的灯火对山坳里亮着，且向下山的路动着，我不禁又如有所失了。"（1922年1月6日至8日，杭州出中。）

诗固然蹩脚得道地，但可以看出冬日山居的空寂和我们情怀的凄紧，至少今天我自己还明白。山居仅短短的三天，却能使我默会山林长往者的襟抱，雅人高致决非得已，吟风啸月，也无非"黄连树下弹琴"罢了。这是一面。另一面呢，空寂的美名便是清旷，于清旷的山中暂息尘劳，（我上一天刚从上海来）耳目所接，神气所感，都有一种骤然被放下的异感，仿佛俄而直沉下去。依一般的说法，也只好说是写意舒服之类罢。然而骨子里头，尽尽里头，确有一点点难过，这又是说不出的。若以北京语表之当曰"不是味儿"。

想想不久又将远行，以年光短促如斯，迅速如彼，更经得几度长长短短的别呢。朝朝暮暮，悄悄沉沉，对着寥落苍茫的山野和那些寒露悲风，重霜淡月，我们自不能无所感，自不能无所想，不能不和古今来的怨女痴男有点沆瀣一气。明知"雅得这样俗"，也就不必再讳言了。

自然的严峭，仿佛刃似的尖风，在我们心上纵横刻划，而人事的境界又何其温温可喜。我们正随H君同住山中，H君中年意兴之佳，对我们慈爱之厚，是值得永永忆念的。我们那时的生活，除掉别恨的纠缠，其和谐其闲适似可以终身，自然人事以两极端相映发，真使人怅怅无所适从，而"情味杂酸甜"一语何足以尽之！

一清如水的生涯最容易过，到第三天上午，Y姊妹兄弟们都从"杭州城内"来，同嬉山中。午饭初罢，我便心急慌忙的走到湖边，（距山居不及半里）乃有船无夫，以轿班名唤阿东者代之。（东当作董？自注。）城里新来的人都怅怅地送我们于李庄码头。转瞬之间，我们已是行客，他们为山中主人了。桨声响后，呆看送客者的影子渐没于岚姿树色之间，举手扬巾的瞧也瞧不见了。轿班去摇船，"船容与而不进兮"，毕竟也荡得渐远。他们都该回到我们昨天住过的地方去了罢？晃荡于湖心，我们也只多了片刻的相聚。

江南冬天的阴，本来阴得可怕，而那天的阴，以我们看来尤其阴得可惨——简直低压到心上来。好容易巴到了岸，坐上洋车，经过旗下营荐桥之类，（其实毫无异样）觉得都笼罩一种呆白的颜色，热闹只是混乱，匆忙只是潦草，平昔杭州市街对我的温感都已不见了，只一味的压迫我去上路，去赶火车，而赶不着夜班火车要误事！

回到城头巷，显得屋子十分大，十分黑，空空的。（他们都不在家，天色也快晚了。）再走进我们的卧室，连卧室的陈设，桌子椅子之流也不顾情面来逼迫我,也还是这几句老话:"赶火车!赶不着,要误事!"我忙忙的拾夺这个,归折那个,什么牙刷啦,笔啦,日记本啦,皮夹子啦……都来了。好的!好的妙的!这些全得带,不带齐,要误事!

环也忙忙的来帮我收拾,她其时何所感,我不知道,我也来不及去知道。我全身为没来由的凄惨所沉没,又为莫名其妙的匆忙所压迫,沉沉的天气,沉沉的房屋,沉沉的人的面目,无一不暗,无一不空,也无一不潦草枯窘。等到行李收拾完结,表上只差十来分钟就该走了,我走进靠南的套间,把秒针正在的搭的搭的表放在红漆的桌上,坚执环手而大落泪。也并不记说过什么话了,只记得确确实实的,天色已晚下来,夜班车已经快要开。

以此次的别意而言,真不象可以再相见的,然而不到一星期,也是夜班车,我平安地回了家,距美国之行还有小半年。

假使我有作自传的资格和癖好,那么这倒是顶好的话柄哩!既经不能也不想,只好拿来博同梦者的苦笑罢,反正于我也是无所损。至于读者们以为"的确行""的确不行",这都是节外生枝不干我事的,虽然我也很抱歉。

1928年5月29日,北京

(选自上海开明书店1930年6月版《燕知草》)

辑 二

人到中年，不过如此

中年

什么是中年？不容易说得清楚，只说我暂时见到的罢。

当遥指青山是我们的归路，不免感到轻微的战栗。（或者不很轻微更是人情。）可是走得近了，空翠渐减，终于到了某一点，不见遥青，只见平淡无奇的道路树石，憧憬既已消释了，我们遂坦然长往。所谓某一点原是很难确定的，假如有，那就是中年。

我也是关怀生死颇切的人，直到近年方才渐渐淡漠起来，看看从前的文章，有些觉得已颇渺茫，有隔世之感。莫非就是中年到了的缘故么？仿佛真有这么一回事。

我感谢造化的主宰，他老人家是有的话。他使我们生于自然，死于自然，这是何等的气度呢！不能名言，惟有赞叹；赞叹不出，惟有欢喜。

万想不到当年穷思极想之余，认为了解不能解决的"谜"的"障"，直至身临切近，早已不知不觉的走过去，什么也没有看见。今是而昨非呢？昨是而今非呢？二者之间似乎必有一个是非。无奈这个解答，还看你站的地位如何，这岂不是"白搭"。以今视昨则昨非；以昨视今，今也有何是处呢。不信么？我自己确还留得依微的忆念。再不信么？青年人也许会来麻烦您，他听不懂我讲些什么。这就是再好没有的印证了。

　　再以山作比。上去时兴致蓬勃，惟恐山径虽长不敌脚步之健。事实上呢，好一座大山，且得走哩。因此凡来游的都快乐地努力地向前走。及走上山顶，四顾空阔，面前蜿蜒着一条下山的路，若论初心，那时应当感到何等的颓唐呢。但是，不。我们起先认为过健的脚力，与山径相形而见绌，兴致呢，于山尖一望之余随烟云而俱远；现在只剩得一个意念，逐渐的迫切起来，这就是想回家。下山的路去得疾啊，可是，对于归人，你得知道，却别有一般滋味的。

　　试问下山的与上山的偶然擦肩而过，他们之间有何连属？点点头，说几句话，他们之间又有何理解呢？我们大可不必抱此等期望，这原是不容易的事。至于这两种各别的情味，在一人心中是否有融会的俄顷，惭愧我大不知道。依我猜，许是在山顶上徘徊这一刹那罢。这或者也就是所谓中年了，依我猜。

　　"表独立兮山之上"，可曾留得几许的徘徊呢。真正的中年只是一点，而一般的说法却是一段；所以它的另一解释也就是暮年，至少可以说是倾向于暮年的。

　　中国文人有"叹老嗟卑"之癖，的确是很俗气，无怪青年人看不上眼。以区区之见，因怕被人说"俗"并不敢言"老"，这也未免雅得可以了。所以倚老卖老果然不好，自己嘴里永远是"年方二八"也未见复妙。甚矣说之难也，愈检点愈闹笑话。

　　究竟什么是中年，姑置不论，话可又说回来了，当时的问题何以不见了呢？当真会跑吗？未必。找来找去，居然被我找着了：

原来我对于生的趣味渐渐在那边减少了。这自然不是说马上想去死，只是说万一死了也不这么顶要紧而已。泛言之，渐渐觉得人生也不过如此。这"不过如此"四个字，我觉得醰醰有余味。变来变去，看来看去，总不出这几个花头。男的爱女的，女的爱小的，小的爱糖，这是一种了。吃窝窝头的直想吃大米饭洋白面，而吃饱大米饭洋白面的人偏有时非吃窝窝头不行，这又是一种了。冬天生炉子，夏天扇扇子，春天困斯梦东，秋天惨惨戚戚，这又是一种了。你用机关枪打过来，我便用机关枪还敬，没有，只该先你而乌乎。……这也尽够了。总而言之，统而言之，不新鲜。不新鲜原不是讨厌，所以这种把戏未始不可以看下去；但是在另一方面，说非看不可，或者没有得看，就要跳脚拍手，以至于投河觅井。这个，我真觉得不必。一不是幽默，二不是吹，识者鉴之。

看戏法不过如此，同时又感觉疲乏，想回家休息，这又是一要点。老是想回家大约就是没落之兆。（又是它来了，讨厌！）"劳我以生，息我以死"，我很喜欢这两句话。死的确是一种强迫的休息，不愧长眠这个雅号。人人都怕死，我也怕，其实仔细一想，果真天从人愿，谁都不死，怎么得了呢？至少争夺机变，是非口舌要多到恒河沙数。这真怎么得了！我总得保留这最后的自由才好。——既然如此说，眼前的夕阳西下，岂不是正好的韶光，绝妙的诗情画意，而又何叹惋之有。

他安排得这么妥当，咱们有得活的时候，他使咱们乐意多活；咱们不大有得活的时候，他使咱们甘心少活。生于自然里，死于自然里，咱们的生活，咱们的心情，永久是平静的。叫呀跳呀，他果然不怕，赞啊美啊，他也是不懂。"天地不仁""大慈大悲……"善哉善哉。

好像有一些宗教的心情了，其实并不是。我的中年之感，是不值一笑的平淡呢。——有得活不妨多活几天，还愿意好好的活着，不幸活不下去，算了。

"这用得你说吗？"

"是，是，就此不说。"

1931年5月21日黎明

我想

　　飘摇摇的又在海中了。仿佛是一只小帆船，载重只五百吨；所以只管风静浪恬，而船身仍不免左右前后的欹着。又睡摇篮呢！我想。

　　亦不知走了几天，忽然有一晚上，大晚上，说到了。遥见有三两个野蛮妇人在岸上跳着歌着，身上披一块，挂一块的褐色衣裙，来去迅如飞鸟，真真是小鬼头呀。我们船旁码头，她们都倏然不见；这更可证明是鬼子之流了。我想。

　　在灰白的街灯影里，迎面俄而现一巨宅，阙门中榜五字，字体方正，直行，很像高丽人用的汉文，可惜我记不得了。您最好去问询我那同船的伙伴，他们许会告诉您。我想。

　　其时船上人哗喧着，真有点儿漂洋过海的神气，明明说"到了"，又都说不出到了哪里。有人说，到了哥仑布。我决不信：第一，哥仑布我到过的，这哪里是呢？是琉球呀！我想。

　　我走上岸，走进穹形的门，再走遍几重黯淡极的大屋，却不曾碰见一个人。这儿是回廊，那儿是厅堂，都无非破破烂烂的蹩脚模样。最后登一高堂，中设一座，座上并置黄缎金绣的垫子三；当中一个独大，旁边两个很小，小如掌。右侧的已空，不知被谁取去。我把左侧的也拿走了。摆在口袋里吧，这定是琉球王的宫。我想。

来时明明只我一人，去时却挟姑苏同走。他艰难地学步，船倒快开了。到我们走上跳板，跳板已在摇晃中了。终于下了船。船渐渐的又航行于无际的碧浪中。我闲玩那劫夺来的黄锦垫儿，觉得小小的一片，永远捏它不住似的，越捏得紧，便越空虚，比棉花还要松软，比秋烟还要渺茫。我瞿然有警："不论我把握得如何的坚牢，醒了终久没有着落的，何苦呢！"我想。

"反正是空虚的，就给你玩玩吧"，我就把黄锦垫儿给了姑苏。

……

1925年11月4日，北京

（原载1925年11月23日《语丝》周刊第五十四期）

生活的疑问

"我爱生命，我爱快乐舒适的生命！"人们都这样说，我也这样说。谁都愿意好好的活着，这本不消说的。但我却不禁因此引起许多疑问！

大家知道要活着，但为什么要活着呢？说我们喜欢这样。不错！但你喜欢怎样活着呢？这个问题极有意义，历来许多人们偏似乎忘了他，真真是可惜，不幸。譬如我问你："你愿意杀了你的兄弟姊妹们去活着吗？你愿意抢劫了他们的衣、食、住居，去活着吗？你愿意像娼妓似的把人格换了钱财去活着吗？总一句，你愿意把人生的意义仅仅看作抢夺和买卖吗？"人间有些光呵？恐怕总有愤怒的声音说着"不是"！

我们要快快活活的活着，但更要依着值得活的去活着。换句话说，我们真需要的是有价值的生命，不仅仅是生命，也不仅仅是快快活活的生命。更聪明些说，真真的快乐，没有不在有价值的生活中间的。我们不该把乐利和性能刺激的满足解作同一的意义，这种偏狭误谬的乐利主义（utilitarism），使人生颜色变成卑污无意义，终久引到厌世绝望的路途上去。

但是，我们要寻找有价值的生活，这也是依然泛泛的话。怎样的生活是有价值呢？这个是人生哲学上的大问题，自然不容易冒昧的去回答。我试想这种生活至少必具有下列三种的要素：

一、纯洁（purity）。这个意义我们可以从反面着想。社会上很多的人都无所事事靠着遗产生活着，他们遗产的来源，大多数是间接或直接掠夺来的；这类生活有纯洁的可能性吗？千千万万的无产者受不着好的教育，终身做资本家的牛马，他们有享受纯洁生活的机会吗？穿了花花绿绿的衣裳，肩上扛了枪，发昏似的去干杀人放火的勾当，怕道这类兽性的生活也能得着纯洁吗？男的女的都心甘情愿把人格变换了洋钱、钞票、支票簿子，这些人也懂得纯洁吗？

除去了这许多分子，社会上能享受纯洁生活的人有多少？不希望等于零，也不见很多于零吧？从严格讲来，没有带着罪恶的人世上是没有的。这并不是说个个人真有犯罪作恶的目的（intent），只是说罪恶的担子，在现今万恶制度底下，没有人不分着肩负的。这些罪恶虽大半是社会性的，但我们希望的纯洁生活已被他们打得烟消雾散了。从前在苏州听见宣讲福音，说人人都有罪恶，都要求主的饶恕，我当然很愤怒，心里想你们何以敢断定人人都有罪恶，这不是糊涂极了？现在想想实在是我的糊涂呵！回头二十年来罪恶怕是少了！只是求谁的饶恕呢？

二、调和（harmony）。我们现在觉得活着很烦闷无聊，除掉反省自己的罪恶之外，就是犯着生活不能调和这个毛病。人生具有许多异样的欲望和性能，个个努力去求他们的出路——有了出路就生出满足。但在现今制度下边，各方面匀匀称称的发展是大多不可能的。人人各为他的地位、环境、职业的规定，把他的活动力压迫到很狭的一条路上去。但生来的素质，倾向，总不能完全消沉下去，总是不息的在背地里反抗外面的压迫，结果便生出种种不幸或者竟至于发狂，自杀。

"齐一就是丑"，这句话真不错。无论什么境遇，处久了没有不厌倦的，厌倦极了没有不很痛苦的。无论什么迷人的——饮食，衣服，男女，等等——永久不变的伺候着你，终久没有不讨厌的。甚而至于读书，服务社会这些很高等的趣味，若只是"呆读""死做"，也依然丧失了灵性，留给我们许多不快。但这些单调机械的生活是社会制度的自然结果，若不在根本上下手，便没有改良的可能。我们必先达到了共同生活，然后方才脱离现在所身受的痛苦。共同生活这个理想一天虚悬着，我们就一天掉在烦闷的污泥里面。

三、扩大（expansion）。这和上节说的有相联的关系。我们若永久守着狭小的为我主义（egoism），如何可期共同生活的完成，如何能够得到生活上的调和？扩大的真意义就是打开"仅仅有我"的明光，使他知道同时同地的世上，果然有我也还有人。排斥的为我主义者，他不是不为人，是不能设身处地想象我以外还有他人的存在。我在从前做的俳谐诗上说："见善不为，我则未信；诚未见耳，岂不为也。"杜威教授在他和 Tufts 合著的《人生哲学》上面，引 W.M.James 的话："当我为爱己心驱迫着，去占据我的座位，而妇女们都立着。我真真所喜欢的是这个很舒服的座位。我很原始的喜欢这个,仿佛像母亲爱她小孩似的。"[1]杜威自己说的更明白:"这个人所看见的,单是这个座位,不是座位和妇女。"[2]这种盲目性的为我主义,虽是可怜而不可恨,但生活上的意义却因此败坏颠倒。世上那些悲观者很异常的发愁他的运命,际遇,都是因为为着自己太多了的缘故。要晓得生命的保存,继续,生长,都靠错综广大的有机体,不是个人单独奋斗所能成功。助人和自助,利人和自利,这些中间没有清切界限可以划分。只有眼光短浅的人们,才觉着损人有利己的可能啊!

这种很原始的爱己心,在意志上行为上自然有很强烈的冲动力,且更强的智慧去抵消他,去管理指挥他,本是件极难能的事。何况外界的势力都帮助这类盲心性的发展;经济上各种情状,物产制度和家族制度,家庭的和学校的教育权威都在那边拘束限制人们的眼光,生活,萎缩人们的同情心。现今一般人家流行的缺陷,是不明人和我的关系!偏狭的利己心,再进一步是把反来的关系颠倒过来——损人变成利己的历程中间一部,更进一步简直以为损人就是利己了!我们每觉损了人不利己何必如此,这类抱恶意利己心的人却觉得,我虽无益你却损了,即消极的于我有益。这种明白的恶意也没有什么奇怪,不过由于一种顽强无理的习惯。习惯之成就另有许多要素去决定他,也非全是个人的过失。

总之,这一幕滑稽的悲剧不了结,生活的纯洁、调和、扩大,总

1　原文见James所著的《心理学》,卷一，320页。

2　见《人生哲学》,第十八章，381页。

是没有希望！这就是说我们总不免做一世的罪人，即不是罪人也必定是终身的囚人了。我们无论如何憎恶，愤怒，跳着，哭着，但事实的铁锁已决定我们的运命了。我所深切感受着的岂仅仅是穷困、失意、愚蠢那类的不幸，是我的脚跟有生以来沾上说不清的罪恶痕迹，到了末世，或者更可怕的到了我的子孙！我不能反省，不能回想我二十年来的罪恶，更不敢推想到将来依然如此。我不存着心去做恶事或者算不得罪恶也可知，但毕世喘气在罪恶的海里，即真是算不得罪恶，你试想着于我有何关系？

"把脑子卖给富人"，罗素先生的话说得老实得很，至于你愿不愿，这又何必问呢？问了你，怕道你能照你所愿意的去活着吗？

结了本题，怎样的活着？我说：我们既离不了现在，能够怎样活着就怎样好了！

原载《晨报》1921年9月14日、18日、19日、20日

诤友

以能问于不能，以多问于寡，有若无，实若虚……昔者吾友尝从事于斯矣。

——《论语》

佩弦兄逝世后，我曾写一挽词，寥寥的三十二个字："三益愧君多，讲舍殷勤，独溯流尘悲往事；卅年怜我久，家山寥落，谁捐微力慰人群。"《论语》上的"益者三友，友直，友谅，友多闻"，原是普通不过的典故，我为什么拿它来敷衍呢。但我却不这么想，假如古人的话完全与我所感适合，我又何必另起炉灶？严格地说，凡昨天的事，即今日之典故，我们哪里回避得这许多。

"直""谅"（信）"多闻"这三样看起来似乎多闻最难。今日谓之"切磋学术"。人有多少知识那是一定的，勉强不来的，急不出的。所以古人说过，"深愧多闻，至于直谅不敢不勉"，言外之意，似乎为多闻之友比做个直而信的朋友更难些。这所谓"尽其在我"，在个人心理上当然应这般想。虽没知识，难道学做个好人还不会么？但那只得了真理的一面。

若从整个的社会看，特别当这年月，直谅之友岂不远较多闻之友为难得，至少我确有这感觉。前文所云"直谅不敢不勉"，乃古人措词之体耳。因为不如此想，即属自暴自弃了。虽努力巴结，并非真能办到的意思，或竟有点办不到哩。总之，直谅之友胜于多闻之友，而辅仁之谊较如切如磋为更难，所以《论语》上这"三益"的次序，一直，二谅，三多闻，乃黄金浇铸，悬诸国门，一字不可易的。

我们在哪里去找那耿直的朋友，信实的朋友，见多识广的朋友呢？佩弦于我洵无愧矣。我之于他亦能如此否，则九原不作后世无凭，希望如此的，未必就能如此啊。我如何能无惭色，无愧词呢？

以上虽似闲篇，鄙意固已分明，实在不需要更多的叙述。佩弦不必以多闻自居，而毕生在努力去扩展他的知识和趣味，这有他早年的《海阔天空与古今中外》一文为证（见《我们的六月》，1925年）。他说：

人生如万花筒，因时地的殊异，变化不穷，我们要能多方面的了解，多方面的感受，多方面的参加，才有真趣可言；……但多方面只是概括的要求：究竟能有若干方面，却因人的才力而异——我们只希望多多益善而已！（页三—四）

但是能知道"自己"的小，便是大了；最要紧是在小中求大！长子里的矮子到了矮子中，便是长子了，这便是小中之大。我们要做矮子中的长子，我们要尽其所能地扩大我们自己！（页八）

能够"知他"才真有"自知之明"……所知愈多，所接愈广；将"自己"散在天下，渗入事事物物之中看它的大小方圆，看它的轻重疏密，这才可以剖析毫芒地渐渐渐渐地认出"自己"的真面目呀。俗语说："把你烧成了灰，我都认识你！"我们正要这样想：先将这"我"一拳打碎了，碎得成了灰，然后随风飏举，或飘茵席之上，或堕溷厕之中，或落在老鹰的背上，或跳在珊瑚树的梢上，或藏在爱人的鬓边，或沾在关云长的胡子里，……然后再收灰入掌，抟灰成形，自然便须眉毕现，光采照人，不似初时"浑沌初开"的情景了！所以深的我即在广的我中，而无深的我，广的"我"亦无从立脚；这是不做矮子，也不吹牛的道地老实话，所谓有限的无穷也。（页十一一十一）

文作于民国十四年五月，好像一篇宣言，以后他确实照这个做法，直到他最后。本年七月二十三日，《中建》半月刊在清华工字厅开座谈会，这大概是他出席公开会集的最后一次，也是我和他共同出席的最后一次，他病已很深，还勉强出来，我想还是努力求知的精神在那边发热，他语意深重而风趣至佳，赢得这会场中惟一的笑声。（见《中建》半月刊三卷五期）

多闻既无止境，他不肯以此自居，但他确不息地向着这"多闻"恐已成为天下之公言。返观我自己，却始终脱不了孤陋寡闻的窠臼。佩弦昔赠诗云，"终年兀兀仍孤诣"，虽良友过爱之词，实已一语道破，您试想，他能帮助我，我能够帮助他多少呢！再举一个实在的例：《古诗十九首》，我俩都爱读，我有些臆测为他所赞许。他却搜集了许多旧说，允许我利用这些材料。我尝建议二人合编一《古诗说》，他亦欣然，我只写了几个单篇，故迄无成书也。

　　"以文会友，以友辅仁"，虽属老调，而朋友之道八字画之。我只赋得上一句，下一句还没做，恐怕比上句更重要些。辅者夹辅之谓，如芝兰之熏染，玉石之攻错，又云"蓬生麻中不扶而直"，吾今方知友谊之重也。要稍稍做到一些，则尔我之相处必另有一番气象，略拟古之"诤友"，"畏友"，至少亦心向往之，即前所谓"直谅不敢不勉"也。

　　谅，大概释为信。信是交友的基本之德，所谓"朋友有信"，但却不必是最高的，或竟是最起码的条件，所谓"人而无信不知其可"，即泛泛之交亦不能须臾离也。所以"信"虽然吃紧，却换了个"谅"字，摆在第二位。第一位只是直。又云，"人之生也直"，又云，"斯民也，三代之所以直道而行也"。这个直啊，却使我为了难。直有时或须面诤，我不很习惯，倒不一定为怕得罪人（这顾忌当然有点），总觉得不大好意思，又想着："说亦恐怕无用吧！"自己知道这是一种毛病。佩弦表面上似乎比我圆通些，更谙练世情，似乎更易犯这病，但偏偏不犯，这使我非常惊异而惭愧。人之不相及如此！（恕我套用他的话，他于十三年四月十日的信上说："才之不相及如此！是天之命也夫！"那封信上还有我一点光荣的记录，他说："兄劝弟戒酒，现已可照兄办法，谢谢，勿念！"）

他的性格真应了老话，所谓"和而介，外圆而内方"。这"内方"之德在朋友的立场看来，特别重要。他虚怀接受异己的意见，更乐于成人之美，但非有深知灼见的决不苟同，在几个熟朋友间尤为显明。我作文字以得他看过后再发表，最为放心。例如，去年我拟一期刊的发刊词，一晚在寓集会，朋辈议论纷纷，斟酌字句，最后还取决于他；他说"行了"。又如我的五言长诗，三十四年秋，以原稿寄昆明，蒙他仔细阅读三周。来信节录：

> 要之此诗自是工力甚深之作，但如三四段办法，在全用五言且多律句之情形下，是否与用参差句法者（如《离骚·金荃》）收效相同，似仍可讨论也。兄尝试如此长篇实为空前，极佩，甚愿多有解人商榷。

后来我抄给叶圣陶兄看，附识曰："此诗评论，以佩公所言为最佳。诗之病盖在深入而不能显出也。"

这些诤议还涉多闻，真的直言，必关行谊。记北平沦陷期间，颇有款门拉稿者，我本无意写作，情面难却，酬以短篇，后来不知怎的，被在昆明的他知道了，他来信劝我不要在此间的刊物上发表文字，原信已找不着了。我复他的信有些含糊，大致说并不想多做，偶尔敷衍而已。他阅后很不满意，于三十二年十一月二十二日又驳回了。此信尚存，他说："前函述兄为杂志作稿事，弟意仍以搁笔为佳。

率直之言，千乞谅鉴。"标点中虽无叹号，看这口气，他是急了！非见爱之深，相知之切，能如此乎？当时曾如何的感动我，现在重检遗翰，使我如何的难过，均不待言。我想后来的人，读到这里，也总会得感动的，然则所谓"愧君多"者，原是句不折不扣的老实话。

《中建》编者来索稿，我虽情怀恶劣，心眼迷茫，而谊不可辞，只略叙平素交谊之一端，以为补白。若他的"蓄道德，能文章"，力持正义凛不可犯的精神，贯彻始终以至于没世，则遗文具在，全集待编，当为天下后世见闻之公之实，宁待鄙人之罗缕。且浮夸之辞，以先友平生所怯，今虽遽有人天之隔，余何忍视逝者为已遥，敢以"面谀"酬诤友畴昔之意乎！

1948年8月24日，北平

（原载1948年9月5日《中建》半月刊第三卷第七期）

坚匏别墅的碧桃与枫叶

——呈佩弦兄

是清明日罢，或者是寒食？我们曾在碧桃花下发了一回呆。

算来得巧罢而已稍迟了，十分春色，一半儿枝头，一半儿尘土；亦惟其如此，才见得春色之的确十分，决非九分九。俯仰之间我们的神气尽被花气所夺却了。

试作纯粹的描摹，与佩相约，如是如是。——这真自讨苦吃。刻画大苦，抒写甚乐，舍乐而就苦，一不堪也。前尘前梦久而渐忘，此事在忆中尤力趋黯淡，追挽无从，更如何下笔，二不堪也。在这个年头儿，说花儿红得真好看，即使大雅明达如我们佩弦老兄之流者能辨此红非彼红，此赤非彼赤，然而究竟不妥。君不见夫光赤君之尚且急改名乎？此三不堪也，况且截搭题中之枫叶也是红得不含糊的。阿呀！完结！

山桃妖娆，杏花娇怯，海棠柔媚，樱花韶秀，千叶桃秾丽[1]，这些深深浅浅都是红的，千叶桃独近于绛。来时船过断桥，已见宝石山腰，万紫千红映以一绿；再近，则见云锦的花萼簇拥出一座玲珑纤巧

1　千叶桃一名碧桃，见《群芳谱》。

的楼阁。及循苔侵的石磴宛宛而登，露台对坐，更伫立徘徊于碧桃树下，漫天匝地，堆绮剪琼，委地盈枝，上下一赤。其时天色微阴，于乳色的面纱里饱看搽浓脂抹艳粉的春天姑娘。我们一味傻看，我们亦惟有傻看，就是顶痴的念头也觉得无从设想。

就是那年的深秋，也不知又换了一年，我们还住杭州，独到那边小楼上看一回枫叶。冷峭的西风，把透明如红宝石，三尖形的大叶子响得萧萧瑟瑟，也就是响得稀里而哗啦。一抹的斜日，半明半昧地躺在丹枫身上，真真寂寞杀人。我擎着茶杯，在楼窗口这边看看，那边看看，毕竟也看不出所以来，当然更加是想不出。——九秋虽是怀虑的节候，也还是不成。

那些全都是往事，"有闲"的往事，亦无聊的往事。去年重到上海，听见别墅的主人翁说，所谓碧桃、丹枫之侧，久被武装的同志们所徘徊过了。于春秋佳日，剑佩铿锵得清脆可听，总不寂寞了罢。当日要想的，固然到今天想不出，因此也就恕不再去想了。

写完一看，短得好笑，短得可怜，姑且留给佩一读罢。

1928年5月27日，北京

眠月

一　楔子

万有的缘法都是偶然凑泊的罢。这是一种顶躲懒顶顽皮的说法，至少于我有点对胃口。回首旧尘，每疑诧于它们的无端，究竟当年是怎么一回事，固然一点都说不出，只惘惘然独自凝想而已。想也想不出什么来，只一味空空的惘惘然吧。

即如今日，住在这荒僻城墙边的胡同里，三四间方正的矮屋，一大块方正的院落，寒来暑往，也无非冰箱撤去换上泥炉子，夏布衫收起找出皮袍子来，……凡此之流不含糊是我的遭遇。若说有感，复何所感？若说无所感，岂不呜呼哀哉耶！好在区区文才的消长，不关乎世道人心，"理他呢！"

无奈昔日之我非今日之我也，颇有点儿伤感（sentimental）。伤春叹夏当时几乎当作家常便饭般咬嚼。不怕"寒尘"，试从头讲起。

爱月眠迟是老牌的雅人高致。眠月呢，以名色看总不失为雅事，而事实上也有未必然的。在此先就最通行的说，即明张岱所谓"杭州人避月如仇"；也是我所说的，"到月光遍浸长廊，我们在床

116

上了；到月光斜切纸窗，我们早睡着了。"再素朴点，月亮起来，纳头困倒；到月亮下去，骨碌碌爬起身来。凡这般眠月的人是有福的，他们永远不用安眠药水的。我有时也这么睡，实在其味无穷，明言不得（读者们切不可从字夹缝里看文章，致陷于不素朴之咎）。你们想，这真俗得多么雅。"日出而作，日入而息"，岂不很好。管它月儿是圆的是缺的，管它有没有蟾蜍和玉兔，有没有娇滴滴梅兰芳式的嫦娥呢。听说有一回庭中望月，有一老妈诧异着"今儿晚上，月亮怎么啦！"（怎字重读）懂得看看这并不曾怎么的月亮就算得雅人吗？不将为老妈子所笑乎！

二　正传

湖楼几个月的闲居，真真是闲居而已，绝非有意于混充隐逸。惟湖山的姝丽朝夕招邀，使我们有时颠倒得不能自休。其时新得一友曰白采，既未谋面，亦不知其家世，只从他时时邮寄来的凄丽的诗句中，发现他的性情和神态。

老桂两株高与水泥栏杆齐。凭栏可近察湖的银容，远挹山的黛色。楼南向微西，不遮月色，故其升沉了无翳碍。有时被轻云护着，廊上浅映出乳白的晕华；有时碧天无际，则遍浸着冰莹的清光。我们卧室在楼廊内，短梦初歇，每从窗棂间窥见月色的多少，便起来看看，萧萧的夜风打着惺忪的脸，感到轻微的瑟缩。静夜与明湖悄然并卧于圆月下，我们亦无语倦而倚着，终久支不住饧软的眼，撇了它们重寻好梦去。

其时当十三年夏，七月二十四日采君信来附有诗词，而《渔歌子》尤绝胜，并有小语云："足下与阿环亦有此趣事否？"所谓"爱月近来心却懒，中宵起坐又思眠"，我们俩每吟讽低徊不能自已。采君真真是个南国"佳人"！今则故人黄土矣！而我们的前尘前梦亦正在北地的风沙中飘荡着沉埋着。

江南苦夏，湖上尤甚。浅浅的湖水久曝烈日下，不异一锅温汤。白天热固无对，而日落之后湖水放散其潜热，夹着凉风而摇曳，我们脸上便有乍寒乍热的异感。如此直至于子夜，凉风始多，然而东方快发白了，有酷暴的日头等着来哩。

杭州山中原不少清凉的境界，若说严格的西湖，避暑云何哉，适得其反。且不论湖也罢，山也罢，最惹厌而挥之不去的便是蚊子。好天良夜，明月清风，其病蚊也尤甚。我在以下说另一种的眠月，听来怪甜蜜，钩人好梦似的。却不要真去做梦，当心蚊子！（我知道采君也有同感的，从他的来信看出来。）

月影渐近虚廊，夜静而热终不减，着枕汗便奔涌，觉得夜热殆甚于昼，我们睡在月亮底下去，我们浸在月亮中间去。然而还是困不着，非有什么"不雅之闲"也（用台湾的典故，见《语丝》一四八），尤非怕杀风景也，乃真睡不着耳。我们的小朋友们也要玩月哩。榻下明晃晃烧着巨如儿指的蚊香，而他们的兴味依然健朗，我们其奈之何！正惟其如此，方得暂时分享西子湖的一杯羹和那不用一钱买的明月清风。

碧天银月亘古如斯。陶潜、李白所曾见，想起来未必和咱们的很不同，未来的陶潜、李白们如有所见，也未必会是红玛瑙的玉皇御脸，泥金的兔儿爷面孔罢。可见"月亮怎么啦！"实具颠扑不破的胜义，岂得以老妈子之言而薄之哉！

就这一端论，千万年之久，千万人之众，其同也如此其甚。再看那一端，却千变万化，永远说不清楚。非但今天的月和昨天的月，此刹那和彼刹那的月，我所见，你所见，他所见的月……迥不相同已也；即以我一人所见的月论，亦缘心象境界的细微差别而变，站着看和坐着看，坐着看和躺着看，躺着清切地看和朦胧地看，朦胧中想看和不想看的看……皆不同，皆迥然不同。且决非故意弄笔头。名理上的推论，趣味上的体会，尽可取来互证。这些差别，于日常生活间诚然微细到难于注意，然名理和趣味假使成立，它们的一只脚必站在这渺若毫芒，分析无尽的差别相上，则断断无疑。

我还是说说自己所感吧。大凡美景良辰与赏心乐事的交并（玩月便是一例），粗粗分别不外两层：起初陌生，陌生则惊喜颠倒；继而熟脱，熟脱则从容自然。不跑野马，在月言月。譬如城市的人久住鸽子笼的房屋，一旦忽置身旷野或萧闲的庭院中，乍见到眼生辉的一泓满月。其时我们替他想一想，吟之哦之，咏之玩之，手之舞之、足之蹈之，都算不得过火的胡闹。他的心境内外迥别，蓦地相逢，俨如拘挛之书生与媚荡的名姝接手，心为境撼，失其平衡，遂没落于颠倒失据，悄悦无措的状态中。《洛神赋》上说："余情悦其淑美兮，心振荡而不怡。"夫怡者悦也，上曰悦，下曰不怡，故曹子建毕竟还是曹子建。

名姝也罢，美景也罢，若朝昏厮守着，作何意态呢！这是难于解答的，似应有一种极平淡，极自然的境界。尽许有人说这是热情的衰落，退潮的状态，说亦言之成理，我不想去驳它。若以我的意想和感觉，惟平淡自然才有真切的体玩，自信也确非杜撰。不跑野马，在月言月。身处月下，身眠月下，一身之外以及一身，悉为月华所笼络包举，虽皎洁而不睹皎洁，虽光辉而无有光辉。不必我特意赏玩它，而我的眼里梦里醉时醒时，似它无所不在。我的全身心既浸没着在，故即使闭着眼或者酣睡着，而月的光气实渗过，几乎洞彻我意识的表里。它时时和我交融，它处处和我同在，这境界若用哲学上的语调说，是心境的冥合，或曰俱化。——说到此，我不禁想起陶潜的诗来："采菊东篱下，悠然见南山。山气日夕佳，飞鸟相与还。此中有真意，欲辨已忘言。"何谓忘言的真意，原是闷葫芦。无论是什么，总比我信口开合强得多，古今人之不相及如此。

"玩月便玩月，睡便睡。玩月而思睡必不见月，睡而思玩月必睡不着。"这多干脆。像我这么一忽儿起来看月，一忽儿又睡了，或者竟在月下似睡非睡的躺着，这都是傻子酸丁的行径。可惜采君于来京的途中客死于吴淞江上，我还和谁讲去！

我今日虽勉强追记出这段生涯，他已不及见了。他呢，却还留给我们零残的佳句，每当低吟默玩时，疑故人未远，尚客天涯，使我们不至感全寂的寥廓，使我们以肮脏的心枯干的境，得重看昔年自己的影子，几乎不自信的影子。我，我们不能不致甚深的哀思和感谢。

虽明明是一封无法投递的信，但我终于把它寄出去了！这虽明明是一封无法投递的信。

（选自《燕知草》，上海开明书店1930年版）

忆振铎兄

古人说："朋友之墓有宿草而不哭焉。"因为随着时光的过去，那悲哀的颜色就会日趋于黯淡了。正惟其如此，所怀念的四周的轮廓虽渐渐的有点模糊，而它的中心形象便会越发的鲜明；也惟其历久而动人思念，这才是更值得追怀的。

北京的秋光依然那样清澈，红旗焕彩，映照晴空，木犀尚有余芳，黄菊已在吐艳。有朋友提起郑振铎先生逝世三周年快到了，我们应该有些文字来纪念他。我仿佛吃了一惊。真格的有三年么？可不是已有三年。时光真是过得好快呵。

文章虽短，说起来话也长。我最初认识他在上海，约当1921年（五四时期，我们虽同在北京上学，却还不认识）。他住在上海闸北永兴路的小楼上，后来他搬走了，我就住在那里。约也有不足一年的光景。振铎那时经济情况并不宽余，但他却很好客，爱买书，爱喝酒，颇有"座上客常满，樽中酒不空"之风。他的爱交朋友和好搜求异书，凡是和他熟一点的朋友，大概没有不知道的。他为人天真烂缦，胸无城府，可谓"善于人同"，却又毫不敷衍假借，有时且嫉恶甚严。他也不是不懂得旧社会里有那么一套的"人情世故"，从他写的杂文小说里就可以知道；他却似乎有意反对那一套，他常常藐视那些无聊的举动。虽后来阅历中年，饱经忧患，解放后重睹光明，以至他最后的一刹那，这耿介的脾气却始终没有变。

我于1924年年底来北京。后来发生五卅事变，我已不在上海了。对我说来，有很大的损失。在这以后，我和振铎曾打过一场笔墨官司，文章已找不着了，大意还可以记得。我那时的看法，认为必先自强，然后能御侮；振铎之意恰相反，他认为以群众的武力来抵抗强暴才是当务之急、切要之图。现在想起来，当然，他是对的。他已认清了中国的敌人是帝国主义，而我其时正在逐渐地沉没在资产阶级学者们的迷魂阵里。振铎的一生，变化很多，进步也很快，到他的晚年，是否已站稳了无产阶级的立场，掌握了马列主义的理论和实践，自尚有待于后人论定；但从我一方面看来，他始终走在我的前面，引导着我前进，他是我的"畏友"之一。

上文说过他"善于人同"，却并不肯"苟同"。他如意谓不然，便坚决的以为不可。有时和熟朋友们争执起来，会弄得面红耳赤的。1952年我到文学研究所工作，他是所长，我们还是从前老朋友的关系。昨天我过北海固城，不禁想起振铎来了。1953年的晚秋，比现在还稍晚一点，黄昏时候，我从固城他的办公室，带回来两大包的旧本《红楼梦》，其中有从山西新得的乾隆甲辰梦觉主人序本，原封未动，连这原来的标签还在上面。……他借给我这些珍贵的资料，原希望我把校勘《红楼梦》的工作做得更好，哪知到后来我不能如他的期望。无论为公为私，我是这样的愧负呵！

再记得1958年的春天，我到他的黄化门寓所，片刻的谈话里，他给我直率的规箴，且真诚地关怀着我，这是我至今不能忘怀的。当时只认为朋友相逢，亦平常事耳，又谁知即在那年的秋天，我们就永远失去了他！

　　眼看重阳节又快到了。从前上海的老朋友们现都在北京，虽然年纪都增加了若干，精神倒还是年青的。有时聚会，总不免想起振铎来。这悲感不必一定强烈，何况又隔了一些时间，你虽尽可坦然处之，但它却有时竟会蓦然使你"若有所失"。这就很别扭，又难于形容。不由得想起前人的诗句，所谓"亡书久似忆良朋"。像振铎平素特别爱好书籍，借来抒写这淡而悲的感触，似乎也是适当的。

　　　　　　　　　　　　（原载1961年10月15日《光明日报》）

以《漫画》初刊与子恺书

听说您的漫画要结集起来和世人相见，这是可欢喜的事。属我作序，惭愧我是门外汉，真是无从说起。只以短笺奉复，像篇序，像篇跋，谁知道？

我不曾见过您，但可以说是认识您的，我早已有缘拜识您那微妙的心灵了。子恺君，您的轮廓于我是朦胧的，而您的心影我是厮熟的。从您的画稿中，曾清清切切反映出您自己的影儿，我如何不见呢？将心比心，则《漫画》刊行以后，它会介绍无量数新朋友给您，一面又会把您介绍给普天下的有情眷属。"乐莫乐兮新相知。"我由不得替您乐了。

除此以外，我能说什么呢？但是，你既在戎马仓皇的时节老远地寄信来，似乎要勾引我的外行话，我又何能坚拒？

中国的画与诗通，在西洋似不尽然。自元以来，重士大夫画，其蔽不浅，无可讳言。惟从另一方面看，元明的画确在宋院画以外别开生面。其特长便是融诗入画。画中有诗是否画的正轨，我不得知；在我，确喜欢这个。它们更能使我邈然意远，悠然神往。

您是学西洋画的，然画格旁通于诗。所谓"漫画"，其妙正在随意挥洒，譬如青天行白云，卷舒自如，不求工巧，而工巧自在。看！

只是疏朗朗的几笔,然物类神态毕入毂中了。这决非我一人的私见,您尽可以信得过。

　　一片的落花都有人间味,那便是我看了《子恺漫画》所感。——"看"画是杀风景的,当曰"读"画。您的画本就是您的诗。

1925年11月1日,北京

（选自上海开明书店1928年8月版《杂拌儿》）

辑 三

文艺在人间真等于赘疣

文学的游离与其独在

环君曾诉说她胸中有许多微细的感触,不能以言词达之为恨。依她的解释,是将归咎于她的不谙习文章上的技工。这或者也是一般人所感到的缺憾吧。但我却引起另一种且又类似的惆怅来。我觉得我常受这种苦闷的压迫,正与她同病啊。再推而广之,恐怕古今来的"文章巨子"也同在这网罗中挣扎着罢。"书不尽言,言不尽意",实是普遍的,永久的,不可弥补的终古恨事。

再作深一层的观察,这种缺憾的形成殆非出于偶然的凑泊,乃以文学的法相为它的基本因。不然,决不会有普遍永久性的。这不是很自然的设想吗?创作时的心灵,依我的体验,只是迫切的欲念,熟练的技巧与映现在刹那间的"心""物"的角逐,一方面是追捕,一方面是逃逸,结果总是跑了的多。这就是惆怅的因由了。永远是拼命的追,这是文学的游离;永远是追不着,这是文学的独在。

所以说文学是描画外物的,或者是抒写内心的,或者是表现内心所映现出的外物的,都不免有"吹"的嫌疑。他们不曾体会到伴着创作的成功有这种缺憾的存在,他们把文学看成一种无所不能的奇迹,他们看不起刹那间的灵感,他们不相信会有超言文的微妙感觉。依他们的解释,艺术之宫诚哉是何等的伟大而光荣;可是,我们的宇宙人间世，又何其狭小，粗糙而无聊呢？他们不曾细想啊，这种夸扬正是一种尖刻的侮蔑。最先被侮蔑的是他们自己。

既知道"良辰美景"只可以全心去领略，不能尽量描画的，何以"赏心乐事"就这样轻轻容易的一把抓住呢？又何以在"赏心乐事"里的"良辰美景"更加容易寻找呢？我希望有人给一个圆满的解答。在未得到解答以前，我总信文学的力是有限制的，很有限制的，不论说它是描画外物，或抒写内心，或者在那边表现内心映现中的外物，它这三种机能都不圆满，故它非内心之影，非外物之影，亦非心物交错之影，所仅有的只是薄薄的残影。影的来源虽不外乎"心""物"诸因子的酝酿；只是影子既这么淡薄，差不多可以说影子是它自己的了。文学所投射的影子如此的朦胧，这是所谓游离；影子淡薄到了不类任何原形而几自成一物，这是所谓独在。不朽的杰作往往是一篇天外飞来、未曾写完的残稿，这正是所谓"神来之笔"。

我的话也说得太迷离了，不易得一般的了解。所成就的作品既与创作时的心境关连得如此的不定而疏远，它又凭什么而存在呢？换句话说，它已是游离着且独在了，岂不是无根之花，无源之水，精华已竭的糟粕呢？若说是的，则文艺之在人间，非但没有伟大的功能，简直是无用的赘疣了。我遭遇这么一个有力的反驳。

其实，打开窗子说亮话，文艺在人间真等于赘疣，我也十分欣然。文艺既非我的私亲，且赘疣为物亦复不恶，算得什么侮辱。若以无用为病，更将令我大笑三日。我将反问他，吃饭睡觉等等又何

130

用呢？可怜人类进步了几千年，而吃饭睡觉等的正当用途至今没有发明。我们的祖宗以及我们，都不因此灰心短气而不吃不睡，又何必对于文艺独发呆气呢。文艺或者有它的该杀该剐之处，但仅仅无用决不能充罪状之一，无论你们如何的深文周内。

闲话少说。真啰唆啊！我已说了两遍，文学是独在的，但你们还要寻根究底，它是凭什么存在的。大家试来评一评，若凭了什么而存在，还算得独在吗？真不像句话！若你们要我解释那游离和独在的光景，那倒可以。我愿意详详细细地说。

"游离"不是绝缘的代词；"独在"也只是比况的词饰。如有人说是我说的，文学的创作超乎心物的诸因；我在此声明，我从未说过这类屁话，这正是那人自己说的，我不能替他顶缸。我只说创作的直接因是作者当时的欲念、情绪和技巧；间接因是心物错综着的、启发创作欲的诱惑性外缘。仿佛那么一回事，我为你们作一譬喻。

一个小孩用筷子夹着一块肉骨头远远的逗引着。一条小哈叭狗凭着它固有的食欲，被这欲念压迫后所唤起的热情，和天赋兼习得觅食的技巧，一瞥见那块带诱惑性的肉，直扑过去。这小儿偏偏会耍，把肉拎得高高的，一抖一抖的动着。狗渐人立了，做出种种抓扑跳跃的姿态。结果狗没吃着肉，而大家白看狗耍把戏，笑了一场。故事就此收场。

我们是狗化定了，那小儿正是造化，嬉笑的众宾便是当时的读者社会和我们的后人。你说这把戏有什么用？可是大家的确为着这个开了笑口。替座上的贵客想，好好的吃饭罢，何必去逗引那条狗，那是小儿的好事；但这小儿至少不失为趣人。至于狗呢，不在话下了，它是个被牺牲者，被玩弄者而已。它应当咒诅它的生日，至少亦曳尾不顾而走，才算是条聪明特达的狗。若老是恋恋于那块肉骨头，而串演把戏一套一套的不穷，那真是狗中之下流子了；虽然人们爱它的乖巧，赞它为一条伟大的狗。您想想，狗如有知，要这种荣誉吗？我不信它会要。

所谓文学的游离和独在，也因这譬喻而显明了。肉骨头在小孩子手中抖动，狗跟着跳，那便是游离。狗正因永吃不着肉骨头而尽串把戏，那便是独在。若不幸那小孩偶一失手，肉骨头竟掉到狗嘴里去了，狗是得意极了，聒聒然自去咬嚼；然座上爱看狗戏的群公岂不怅然有失呢。换言之，若文学与其实感的竞赛万一告毕，（自然，即万一也是不会有的。）变为合掌的两股，不复有几微不足之感，那就无所谓文学了。我故认游离与独在是文学的真实且主要的法相。

还有一问题，这种光景算不算缺憾呢？我说是，又说不是。读者不要怪我油滑，仍用前例说罢。从狗的立场看，把戏白串了不算，而肉骨头也者终落于渺茫，这是何等的可惜。非缺憾而何？若从观众和小儿的立场看，则正因狗要吃肉而偏吃不着，方始有把戏。狗老吃不着，老有把戏可看，那是何等的有趣，又何用其叹惜呢。我将从您的叹惋与否，而决定您的自待。

以下再让我说几句狗化的话罢，正是自己解嘲的话。所谓文学的游离有两种不同的来源：一、由于落后——实感太微妙了，把捉不住。这正如以上所说的。二、由于超前——实感太平凡粗笨了，不值得去把捉。前一个是高攀不上，后一个是不肯俯就。虽有时因文学技工的庸劣，而创作物与实感游离了；却也有时因它的高妙，使创作物超越那实感。在第二意义上，我们或者可以有相当的自喜，虽然这种高兴在实际上免不了"狗化"。

春花秋月，……是诗吗？不是！悲欢离合，是诗吗？不是！诗中所有诚不出那些范围，但是仅仅有那些破铜烂铁决不成为一件宝器。它们只是诗料。诗料非诗，明文学的料绝非文学。

我们看了眉月，这么一沉吟，回溯旧踪，那么一颦蹙，是诗吗？不是！见宿树的寒鸦，有寂寞之思，听打窗的夜雨，有凄清之感，是诗吗？不是！这种意境不失为诗魂，但缥缈的游丝，单靠它们却织不成一件"云裳"的。它们只是诗意。诗意非诗，明文学的意境绝非文学。

实在的事例，实在的感触都必经过文学的手腕运用了之后，方可为艺术品。文学的技工何等的重要。实感的美化，在对面着想，恰是文学的游离。我试举三个例。

譬如回忆从前的踪迹，真是重重叠叠，有如辛稼轩所谓"旧恨春江流不尽，新恨云山千叠"似的；但等到写入文章，却就不能包罗万象了，必有取舍。其实所取的未必定可取，所舍的未必必须舍，只是出于没奈何的权宜之计。选择及文学技工之一；有了它，实感留在文学作品里的，真真寥寥可数。所召集的是代表会议，不是普通选举了。

又如写一桩琐碎或笨重的事，不能无减省或修削之处；若原原本本，一字不易，就成了一本流水账簿，不成为文章。奏了几刀之后，文章是漂亮多了，可是原来的样子已若存若亡了。剪裁又是重要的技工。

平平常常的一个人，一桩事据实写来不易动人听闻，必要在它们身上加了些大青大绿方才快心。如宋玉之赋东家子，必要说"增之一分则太长，减之一分则太短"。其实依拙劣的我们想，宋先生贵东邻小姐的身个儿，即使加减了一二分的高矮，似乎亦决不会损害她的标致。然而文章必这么写，方才淋漓尽致，使后人不敢轻易菲薄他的理想美人。这是何等有力的描写。夸饰比如一面显微镜，把肉眼所感都给打发走了；但它也是文章的重要技工。

不必再举别的例证了，您在修辞学上去看，那些用古古怪怪的名词标着的秘诀，那一个不是在那边无中生有，将小作大的颠倒着。再作一个比方：吃饭的正当形式，只是一口一口的咬嚼而已；然而敝中国的古人有"一献之礼，宾主百拜"的繁文缛节，即贵西洋的今人到餐室里去，亦必端端正正穿起礼服来。我们细想，这是干吗？"丑人多作怪！"但同时就不免有人赞叹着，说它们所表现的是文明，是艺术哩。

各人的地位不同，因而看法不同，因而所见不同；这是不能，且不必强同的。我也不必尽申诉自己的牢骚，惹他人的厌烦。单就文艺而论文艺，技工在创作时之重要初不亚于灵感。文艺和非文艺之区别间，技工正是一重要的属性。我们因此可以明白真的啼笑何以不成为艺术；而啼着笑着的模特（model），反可以形成真正的艺术品。这并非颠倒而是当然的真实。

　　我们可以说，一切事情的本体和它们的抄本（确切的影子）皆非文艺；必须它们在创作者的心灵中，酝酿过一番，熔铸过一番之后，而重新透射出来的（朦胧的残影），方才算数。申言之，自然（natural）算不了什么，人间所需要的是人造的（artificial）。创造不是无中生有，亦不是抄袭（即所谓写实），只是心灵的一种胶扰，离心力和向心力的角逐。追来追去，不落后，便超前，总走不到一块儿去；这是游离。寻寻觅觅，终于扑个空，孤凄地呆着；那是独在。我们觉得被实感拉下了，不免惆怅；若觉得把实感给拉下了，那便骄矜；实在都沾点滑稽的幻觉，说不出什么正当缘由来。万古常新，千秋不朽的杰作，论它的究竟，亦不过狗抓肉骨头而不得（不足），人想交合而先相对鞠躬（有余），这一类把戏而已。我们对于它们，固然不屑赞扬，却也不可咒诅。（赞扬和咒诅都是把戏之流，我们何敢尤而效之。）沉默是顶好的道路，我说。——安于被玩弄也是顶好的道路，我又说。

1925年3月3日作于北京

《冬夜》自序

《冬夜》出版了。三年来的诗,除掉几首被删以外,大致都汇在这本小书里。

我所以要印行这本诗集:一则因为诗坛空气太岑寂了,想借《冬夜》在实际上做"秋蝉底辩解"(这是我答周作人先生的一篇小文,去年在北京《晨报》上登载);二则愿意把我三年来在诗田里的收获,公开于民众之前。至于收获的是稻和麦,或者只是些野草,我却不便问了,只敬盼着读者底严正评判吧。

如果是个小小的成功,我不消说是喜悦的;即使是失败,也可以在消极方面留下一些暗示。只要《冬夜》在世间,不引着人们向着老衰的途路,就可以慰安我底心。至于成功与否,成功到了什么程度,这些却非我所介意的事。

关于诗底我见,不便在这篇小序里赘说;现在只把我所经验到的,且真切相信的略叙一点,作为本集底引论。

我怀抱着两个做诗的信念:一个是自由,一个是真实。做诗原是件具体的事情,很难用什么抽象概念来说明他。但若不如此,又很不容易有概括的说明,只要不十分拘执着,我想也或无碍的。

我不愿顾念一切做诗底律令,我不愿受一切主义底拘牵,我不愿去摹仿，或者有意去创造哪一诗派。我只愿随随便便的，活活泼泼的，借当代的语言，去表现出自我，在人类中间的我，为爱而活着的我。至于表现出的，是有韵的或无韵的诗，是因袭的或创造的诗，即至于是诗不是诗；这都和我底本意无关，我以为如要顾念到这些问题，就可根本上无意于做诗，且亦无所谓诗了。即使社会上公认是不朽的诗；但依我底愚见，或者竟是谬见，总是"可怜无补费精神"的事情。我们不妨先问一下："人为什么要做诗？"

真实和自由这两个信念，是连带而生的。因为真实便不能不自由了，惟其自由才能够有真正的真实。我宁说些老实话，不论是诗与否，而不愿做虚伪的诗；一个只占有诗底形貌，一个却占有了内心啊。什么是诗？本不易有满意的回答。若说非谨守老师，太老师底格律，非装点出夸张炫耀的空气，便不算是诗；那么，我严正声明我做的不是诗，我们做的不是诗，并且愿意将来的人们，都不会，亦不屑去做诗。

诗是为诗而存在的，艺术是为艺术而存在的；这话我一向怀疑。我们不去讨论、解决怎样做人的问题，反而哓哓争辩怎样做诗的问题，真是再傻不过的事。因为如真要彻底解决怎样做诗，我们就先得明白怎样做人。诗以人生底圆满而始圆满，诗以人生底缺陷而终于缺陷。人生譬之是波浪，诗便是那船儿。诗底心正是人底心，诗底声音正是人底声音。"不失其赤子之心"的人，才是真正的诗人，不死不朽的诗人。即使他没有诗篇留着，或者竟没有做诗，依然是个无名的诗人；因为他占领了诗人底心。我反对诗人底僭号，什么人间底天使，先知先觉者……我只承认他是小孩子的成人。

在《冬夜》所有的诗，说起来是很惭愧啊。第一辑里的，大都是些幼稚的作品，本没有留稿的价值；只因可以存我最初学做诗底真相，所以过存而不删。第二辑里的，作风似太烦琐而枯燥了，且不免有些晦涩之处。这一辑里长诗最多，三四两辑都是去年做的。三辑底前半尚存二辑底作风；后半似乎稍变化一点，像《凄然》《小劫》等篇，都和二辑所有的不同。四辑从《打铁》起，这正当我做《诗底进化的还原论》这个时候，所以有几首诗，如《打铁》《挽歌》《一勺水啊》《最后的洪炉》，稍有平民的风格，但是亦不能纯粹如此，这是我最遗憾的！

我虽主张努力创造民众化的诗（见《诗》第一期），在实际上做诗，还不免沾染贵族的习气；这使我惭愧而不安的。只有一个牵强辩解，或者可以如此说的，就是正因为我太忠实守着自由和真实这两个信念。所以在《冬夜》里，这一首和那一首，所表现的心灵，不免常有矛盾的地方；但我却把他们一齐收了进去。自我不是整个儿的，也不是绝对调和的。有多方面的我，就得有多方面的诗，这是平常而正当的。"在不相识不相妨的路上，自然涌现出香色遍满的花儿底都！"

小小的集子，充满了平庸芜杂的作品，将占据了读者们底可贵的光阴，真是我底罪过了！但我以为我底尝试底失败，在于我根性上底无力，而不专在于诗底不佳。我始终以为这种做诗底态度极为正当。我总想很自由的，把真的我在作品中间充分表现出来。虽说未能如意，但心总常向着这条路上去。这或者可以请求读者们底宽恕，减少我冒昧出版《冬夜》底罪过了。

在付印以前，承他底敦促；在付印之中，帮了我许多的忙，且为《冬夜》做了一篇序。这使我借现在这个机会，谨致最诚挚的感谢于朱佩弦先生。我又承蒙长环君为我抄集原稿至于两次，这也是我应该致谢的。

1922年1月25日，杭州城头巷

（选自《冬夜》，上海亚东图书馆1922年版）

重印《浮生六记》序（两篇）[1]

一

记叙体的文章在中国旧文苑里，可真不少，然而竟难找一篇完美的自叙传。中国的所谓文人，不但没有健全的历史观念，而且也没有深厚的历史兴趣。他们的脑神经上，似乎凭了几个荒谬的印象（如偏正、大小等），结成一个名分的谬念。这个谬念，无所不在，无所不包，无所不流传，结果便害苦了中国人，非特文学美术受其害，即历史亦然。他们先把一切的事情分为两族，一正一偏，一大一小……这是"正名"。然后再甄别一下，与正大为缘的是载道之文，名山之业；否则便是逞偏才，入小道，当与倡优同畜了。这是"定分"。

申言之，他们实于文史无所知，只是推阐先入的伦理谬见以去牢笼一切，这当然有损于文史的根芽，这当然不容易发生自传的文学。原来作自传文和他们惯用的"史法"绝不相干，而且截然相反。他们念兹在兹的圣贤、帝王、祖宗……在此用他们不着；倒是他们视

1　本文系作者为重印《浮生六记》所写序言两篇，合辑为一。

为所以前人以为不足道的,我们常发见其间有真的文艺潜伏着在,而《浮生六记》便是小小的一例。

此书少单行本,见于《独悟庵丛钞》及《雁来红丛报》中,共有六篇,故名六记:《闺房记乐》《闲情记趣》《坎坷记愁》《浪游记快》《中山记历》《养生记道》,今只存上四篇,其五六两篇已佚。作者为沈复,字三白,苏州人,能画,习幕及商,生于1763年(乾隆二八),卒年无考,当在嘉庆十二年以后。关于作者之生平及生卒年月之考查,略叙如此。此书虽不全,今所存四篇似即其精英,故独得流传。《中山记历》当是记漫游琉球之事,或系日记体。《养生记道》,恐亦多道家修持之妄说,虽佚似不足深惜也。就今存者四篇言之,不失为简洁生动的自传文字。

《闲情记趣》写其爱美的心习,《浪游记快》叙其浪漫的生涯,而其中尤以《闺房记乐》《坎坷记愁》为最佳。第一卷自写其夫妇间之恋史,情思笔致极旖旎宛转,而又极真率简易,向来人所不敢昌言者,今竟昌言之。第三卷历述其不得于父母兄弟之故,家庭间之隐痛,笔致既细,胆子亦大。作者虽无反抗家庭之意,而其态度行为已处处流露于篇中,固绝妙一篇宣传文字也。原数千年中家庭之变,何地无之,初非迩近始然,特至此而愈烈耳。观沈君自述,他们俩实无罪于家人,闲情别致的,反有关身心性命之微,有涉于文章之事。而家人恶之。此无他,性分之异,一也;经济上之迫夺,二也;小人煽动其间,三也。观下文自明。

实则同行并坐,初犹避人,久则不以为意。芸或与人坐谈,见余至,必起立偏挪其身,余就而并焉。彼此皆不觉其所以然者,始以为惭,继成不期然而然。

芸欣然,乃晚餐后,装束既毕,效男子拱手阔步者良久,忽变卦曰,"妾不去矣。为人识出既不便,堂上闻之又不可。"余怂恿曰,"……密去密来,焉得知之。"芸揽镜自照,狂笑不已。余强挽之,悄然径去。

(均见卷一)

余夫妇居家,偶有需用,不免典质,始则移东补西,继则左支右绌,谚云,"处家人情,非钱不行。"先起小人之议,渐招同室之讥。"女子无才便是德",真千古至言也!不数年而逋负日增,物议日起,老亲又以盟妓一端,憎恶日甚。……芸病转增,唤水索汤,上下厌之。……锡山华氏,知其病,遣人问讯,堂上误以为憨园之使,因愈怒曰,"汝妇不守闺训,结盟娼妓;汝亦不思习上,滥伍小人。若置汝死地,情有不忍,姑宽三日限,速自为计;迟必首汝逆矣!"芸闻而泣曰,"亲怒如此,皆我罪孽。妾死君行,君必不忍;妾留君去,君必不舍……"

余因呼启堂谕之曰,"兄虽不肖,并未作恶不端,若言出嗣降服,从未得过纤毫嗣产;此次奔丧归来,本人子之道,岂为争产故耶?大丈夫贵乎自立,我既一身归,仍以一身去耳。"

(均见卷三)

放浪形骸之风本与家庭间之名分礼法相枘凿,何况在于女子,更何况在于爱恋之夫妻,即此一端足致冲突;重以经济之辘轳,小人之拨弄,即有孝子顺孙亦将不能得堂上之欢心矣。故此书固是韶美风华之小品文字,亦复间有凄凉惨恻语。大凡家庭之变,一方是个人才性的伸展,一方是习俗威权的紧迫,哀张生于绝弦,固不得作片面观也。

　　因此联想到中国目今社会上,不但稀见艺术之天才诞生,而且缺乏普遍美感的涵泳。解释此事,可列举的原因很多。在社会制度方面,历来以家庭为单位这件事,我想定是主因之一。读《浮生六记》,即可以得到此种启示。

　　聚族而居的,人愈多愈算好,实在人愈多便愈糟。个人的受罪,族性的衰颓,正和门楣的光辉成正比例,这是大家所审知的。既以家为单位,则大家伙儿过同式的生活,方可减少争夺(其实仍不能免);于是生活的"多歧""变化"这两种光景不复存在了。单调固定的生活便是残害美感之一因。多子多孙既成为家族间普遍的信念和希望,于是婚姻等于性交,不知别有恋爱。卑污的生活便是残害美感之二因。依赖既是聚族而居的根本心习,于是有些人担负过重,有些人无所事事。游惰和艰辛的生活便是残害美感之三因。礼教名分固无所不在,但附在家庭中的更为强烈繁多而严刻,于是个性之受损尤巨。规行矩步的生活便是残害美感之四因。其他还多,恕不备举了。

　　综括言之,中国大多数的家庭的机能,只是穿衣、吃饭、生小孩子，以外便是你我相倾轧，明的为争夺，暗的为嫉妒。不肯做家庭奴隶的未必即是天才，但如有天才是决不甘心做家庭奴隶的。《浮生六记》一书，即是表现无量数惊涛骇浪相冲击中的一个微波的银痕而已。但即算是轻婉的微波之痕，已足使我们的心灵震荡而不怡。是呻吟？是怨诅？是歌唱？读者必能辨之，初不待我的哓哓了。在作者当时或竟是游戏笔墨，在我们时代里，却平添了一重严重的意味。但我相信，我们现今所投射在上面的这重意味的根芽，却为是书所固有，不是我们所臆造出来的。细读之便自知悉。

是书未必即为自传文学中之杰构，但在中国旧文苑中，是很值得注意的一篇著作；即就文词之洁媚和趣味之隽永两点而论，亦大可以供我们的欣赏。故我敢以此小书介绍于读者诸君。

1923年10月20日，上海。

（选自《浮生六记》，北京霜枫社1924年5月版）

二

重印《浮生六记》的因缘，容我略说。幼年在苏州，曾读过此书，当时只觉得可爱而已。自移家北去后，不但诵读时的残趣久荡为云烟，即书的名字也难省忆。去秋在上海，与颉刚伯祥两君结邻，偶然读起此书，我始茫茫然若有所领会。颉刚的《雁来红丛报》本，伯祥的《独悟庵丛钞》本，都被我借来了。既有这么一段前因，自然重读时更有滋味。且这书确也有炫人的力，我们想把这喜悦遍及于读者诸君，于是便把它校点重印。

书共六篇，故名"六记"，今只存《闺房记乐》以下四篇，其五六两篇已佚。此书虽不全，而今所存者似即其精英。《中山记历》当是记漫游琉球之事，或系日记体。《养生记道》，恐亦多道家修持妄说。就其存者言之，固不失为简洁生动的自传文字。

作者沈复，字三白，苏州人，生于清乾隆二十八年，卒年无考，当在嘉庆十二年以后。可注意的，他是个习幕经商的人，不是什么斯文举子。偶然写几句诗文，也无所存心，上不为名山之业，下不为富贵的敲门砖，意兴所到，便濡毫伸纸，不必妆点，不知避忌。统观全书，无酸语，赘语，道学语，殆以此乎？

文章事业的圆成本有一个通例，就是"求之不必得，不求可自得"。这个通例，于小品文字的创作尤为显明。他们莫妙于学行云流水，莫妙于学春鸟秋虫，固不是有所为，却也未必就是无所为。这两种说法同伤于武断。古人论文每每标一"机"字，概念的诠表虽病含混，我却赏其谈言微中。陆机《文赋》说："故徒抚空怀而自惋，吾未识夫开塞之所由。"这是绝妙的文思描写。我们与一切外物相遇，不可著意，著意则滞，不可绝缘，绝缘则离。记得宋周美成的《玉楼春》里，有两句最好，"人如风后入江云，情似雨余黏地絮"，这种况味正在不离不著之间。文心之妙亦复如是。

即如这书，说它是信笔写出的固然不像；说它是精心结撰的又何以见得。这总是一半儿做着，一半儿写着的；虽有雕琢一样的完美，却不见一点斧凿痕。犹之佳山佳水，明明是天开的图画，然仿佛处处吻合人工的意匠。当此种境界，我们的分析推寻的技巧，原不免有穷时。此《记》所录所载，妙肖不足奇，奇在全不着力而得妙肖；韶秀不足异，异在韶秀以外竟似无物。俨如一块纯美的水晶，只见明莹，不见衬露明莹的颜色；只见精微，不见制作精微的痕迹。这所以不和寻常的日记相同，而有重行付印，令其传播得更久更远的价值。

我岂不知这是小玩意儿，不值当作溢美的说法；然而我自信这种说法不至于是溢美。想读这书的，必有能辨别的罢。

1924年2月27日杭州城头巷

（原载1924年8月18日《文学周报》第一三五期）

秋蝉的辩解[1]

蹲伏在妖魔的脚爪边，受难的兄弟们都默着，我们的叫声又怎样不幸的微薄啊！其实呢，像这般消沉下去谁都不能乐意，这又何消说得。但现在诗坛的空气——至少在表面上看——已很像衰秋的蝉声了，难怪引动热肠的朋友的一番感叹。

我本无所感的，仔细说来或者是感受各方面的印象太杂乱了，所以一时抽不出端绪。今天偶然间触着他人所宣示的感想，不禁鼓动写这篇小文的兴趣。因为作者很明白自己的地位，所以很谦退的把这篇标题叫着《秋蝉的辩解》。

拿辛苦开辟出来的土地，让闲人来放牛，岂但首创诗国的先生们不愿意呢，我们也正如此。但在另一方面说，我们决不肯封锁诗国的疆土，博得垄断者的权威，也不愿创业的人们这样做。我们很相信天才是无限的，只让他好好的发挥出来，便将自然地涌现出诗国的花都了。前路的艰难，即使有人试过了，我们也不希望他拿这些话来短少年诗人的勇气。对于尝试者——无论他本身价值怎样——下一种严酷，峭厉，使他难堪的批评，我们有十分真心不能同

1　原载1921年6月12日北京《晨报》。署名一公。

情这件事。虽受批评的人在错的一面,但批评的人何必如此盛气?诗国的容忍主义凭这些理由所以竟成立了。所生的影响不能断说怎么样,但目下消沉的空气却似乎不该归罪于他。

理想中的极乐园竟快成了放牛的墩堆,岂不是退隐诗人们的责任?这真是不错!记得陆机说得好:"虽榛楛之勿剪,亦蒙荣于集翠。"诗国的沉沦,不是由于"榛楛"太多了,是由于翠鸟老衰他的颜色,所以只是一片荒芜的景象露在凭吊者的眼底。芜秽除干净了,这件事既不见可能也不甚必妥;因为仅仅这样做去,诗国岂不变成沙漠国了吗?

消沉的景象由于诗人的懒惰,这是一半了;但剩下的那一半却不便如此笼统的推测。我们晓得,一切进步的历程都不是直线似的陡然上去,都是曲曲折折带点波动式的线路。当学习技能时候更是明显,必有段停顿状况在全历程中间。这种停顿的段落叫着稳定水平(plateau),普通都解释为进步的预备。这类状况自然是不自觉的(unconscious)。本人一样的努力尝试,却总没有显著的效果跟着出来,但暗暗的正预备后来的猛进呢?

最后一段辩解是关于我个人的。我近来诗做得本少,发表的呢,更少了。不多做诗的原因究竟属于上边说的那一种,自己很无从判断,只好留待心理学者客观的试验罢。不多发表的原因,我的朋友PC君的一封信里面代我说了。因为他的意思在这一点完全和我一样。我录出一节来当作几声下场锣。

他说:"我已不常作诗了,作成的诗一时不即发表,等放过三两个月以后翻出来重读,当人家的诗读,读得稍有意思才发表。这样于社会少给些恶影响,于自己也惜福,你说是不是?"

我回答说"很是",大家说可是吗?

1921年6月9日

漫谈红学

《红楼梦》好像断纹琴，却有两种黑漆：一索隐，二考证。自传说是也，我深中其毒，又屡发为文章，推波助澜，迷误后人。这是我生平的悲愧之一。

红学之称，本是玩笑

《红楼》妙在一"意"字，不仅如本书第五回所云也。每意到而笔不到，一如蜻蜓点水稍纵即逝，因之不免有罅漏矛盾处，或动人疑或妙处不传。故曰有似断纹琴也。若夫两派，或以某人某事实之，或以曹氏家世比附之，虽偶有触着，而引申之便成障碍，说既不能自圆，舆评亦多不惬。夫断纹古琴，以黑色退光漆漆之，已属大煞风景，而况其膏沐又不能一清似水乎。纵非求深反惑，总为无益之事。"好读书，不求甚解"，窃愿为爱读《红楼》者诵之。

红学之称本是玩笔，英语曰红学（Redology）亦然。俗云："你不说我还明白，你越说我越糊涂了。"此盖近之。我常说自己愈研究愈糊涂，遂为众所诃，斥为巨谬，其实是一句真心语，惜人不之察。

文以意为主。得意忘言，会心非远。古德有言："依文解义，三世佛冤。离经一字，便同魔说"，或不妨借来谈"红学"。无言最妙，如若不能，则不即不离之说，抑其次也。神光离合，乍阴乍阳，以不即不离说之，虽不中亦不远矣。譬诸佳丽偶逢，一意冥求，或反失之交臂，此犹宋人词所云"众里寻他千百度，蓦然回首，那人却在灯火阑珊处"也。

夫不求甚解，非不求其解也。曰不即不离者，亦然浮光掠影，以浅尝自足也。追求无妨，患在钻入牛角尖。深求固佳，患在求深反惑。若夫诪张为幻，以假混真，自欺欺人，心劳日拙已。以有关学术之风气，故不惮言之耳。

更别有一情形，即每说人家头头是道，而自抒己见，却未必尽圆，略如昔人诗云"鲍老当筵笑郭郎，笑他舞袖太郎当；若教鲍老当筵舞，能更郎当舞袖长"，此世情常态也，于"红学"然。近人有言："《红楼梦》简直是一个碰不得的题目。"余颇有同感。何以如此，殆可深长思也。昔曾戏拟"红楼百问"书名，因故未作——实为侥幸。假令书成，必被人掎摭利病，诃为妄作，以所提疑问决不允恰故。岂不自知也。然群疑之中苟有一二触着处，即可抛砖引玉，亦野人之意尔。今有目无书，自不能多说。偶尔想到，若曩昔所拟"红学何来"？可备一问欤？

百年红学，从何而来？

红学之称，约逾百年，虽似诨名，然无实意。诚为好事者不知妄作，然名以表实，既有此大量文献在，则谓之红学也亦宜。但其他说部无此诨名，而《红楼梦》独有之，何耶？若云小道，固皆小道也。若云中有影射，他书又岂无之，如《儒林外史》《孽海花》均甚显著，似皆不能解释斯名之由来。然则固何缘有此红学耶？我谓从是书本身及其遭际而来。

最初即有秘密性，瑶万所谓非传世小说，中有碍语是也。亲友或未窥全豹，外间当已有风闻。及其问世，立即不胫而走，以钞本在京师庙会中待售。有从八十回续下者可称一续，程、高拟本后，从百二十回续下者，可称二续，纷纷扰扰，不知所届。淫辞瀼语，观者神迷。更有一种谈论风气，即为红学之滥觞。"开口不谈《红楼梦》，此公缺典定糊涂"，京师竹枝词中多有类此者。殆成为一种格调，仿佛咱们北京人，人人都在谈论《红楼梦》似的。——夸大其词，或告者之过，而一时风气可想见已。由口说能为文字，后来居上，有似积薪，茶酒闲谈，今成"显学"，殆非偶然也。其关键尤在于此书之本身，初起即带着问题来。斯即《红楼梦》与其他小说不同之点，亦即纷纷谈论之根源。有疑问何容不谈？有"隐"岂能不索？况重以丰神绝代之文词乎。曰猜笨谜，诚属可怜，然亦人情也。索隐之说于清乾隆时即有之（如周春随笔记壬子冬稿一七九二）可谓甚早。红学之奥，固不待嘉道间也。

从索隐派到考证派

原名"石头记"。照文理说，自"按那石上书云"以下方是此记正文，以前一大段当是总评、楔子之类，其问题亦正在此。约言之有三，而其中之一与二，开始即有矛盾。甄士隐一段曰"真事隐去"，贾雨村一曰冒"假语村言"（以后书中言及真假两字者甚多，是否均依解释，不得而知），真的一段文辞至简，却有一句怪话："而假通灵之说撰此《石头记》一书也。"着此一言也，索隐派聚讼无休，自传说安于缄默。若以《石头记》为现实主义的小说，首先必须解释此句与衔玉而生之事。若斥为糟粕而擯弃之，似乎不能解决问题，以读者看《红楼梦》第一句就不懂故也。人人既有此疑问，索隐派便似乎生了根，春风吹又生。一自胡证出笼，脂评传世，六十年来红学似已成考证派（自传说）的天下，其实仍与索隐派平分秋色。蔡先生晚年亦未尝以胡适为然也。海外有新索隐派兴起不亦宜乎，其得失自当别论。假的一段稍长，亦无怪语，只说将自己负罪往事，编述一集以告天下；又说"闺阁中本自历历有人"，万不可使其泯灭。——此即本书有"自传说"之明证，而为我昔日立说之依据。话虽如此，却亦有可怪之处。既然都是真（后文还有"亲睹亲闻""追踪蹑迹"等等），为什么说他假？难道就是"假作真时真亦假"么？即此已令人坠入五里雾中矣。依上引文，《红楼梦》一开始，即已形成索隐派、自传说两者之对立，其是非得失，九原不作，安得而辨之，争论不已，此红学资料之所以汗牛充栋也。"愚摈勿读"，似属过激，尝试览之，是使读者目眩神迷矣。

书名人名，头绪纷繁

此段文中之三，更有书名人名，即本书著作问题，亦极五花八门之胜。兹不及讨论，只粗具概略。按一书多名，似从佛经拟得。共有四名，仅一《石头记》是真，三名不与焉？试在书肆中购《情僧录》《风月宝鉴》《金陵十二钗》，固不可得也。又二百年来脍炙人口《红楼梦》之名变不与焉，何哉？（脂批本只甲戌本有之，盖后被删去。）顾名思义，试妄揣之，《石头记》似稗史传；《情僧录》似禅宗机锋；《风月宝鉴》似惩劝淫欲书；《金陵十二钗》当有多少粉白黛绿、燕燕莺莺也。倘依上四名别撰一编，特以比较《红楼梦》，有"存十一于千百"之似乎？恐不可得也。书名与书之距离，即可窥见写法之迥异寻常。况此诸名，为涵义蕴殆借以表示来源之复杂，尚非一书多名之谓乎。

人名诡异，不减书名。著作人三而名四。四名之中，三幻而一真，曹雪芹是也。以著作权归诸曹氏也宜。一如东坡《喜雨亭记》之"吾以名吾亭"也。虽然归诸曹雪芹矣，乌有先生亡是公之徒又胡为乎来哉！（甲戌本尚多一吴玉峰）假托之名字异于实有其人，亦必有一种含义,盖与本书之来历有关。今虽不能遽知,而大意可识,穿凿求之固然,视若无睹,亦未必是也。作者起草时是一张有字的稿纸,而非素纸一幅,此可以想见者。读《红楼梦》,遇有困惑,忆及此点,未必无助也。

其尤足异者,诸假名字间,二名一组,三位一体。道士变为和尚,又与孔子家连文,大有"三教一家"气象。宜今人之视同糟粕也。然须有正当之解释与批判。若径斥逐之,徒滋后人之惑,或误认为遗珠也。三名之后,结之以"曹雪芹于悼红轩中披阅"云云,在著作人名单上亦成为真假对峙之局,遥应开端两段之文,浑然一体。由此视之,楔子中主要文字中,红学之雏形已具,足以构成后来聚讼之基础,况加以大量又混乱之脂批,一似烈火烹油也。

若问:"红学何来?"答曰:"从《红楼梦》里来。"无《红楼梦》,即无红学矣。或疑是小儿语。对曰:"然。"

其第二问似曰:"红学又如何?"今不能对,其理显明。红学显学,烟墨茫茫,岂孩提所能辨,毫荒所能辨乎。非无成效也,而矛盾伙颐,有如各派间矛盾,各说间矛盾,诸家立说与《红楼梦》间矛盾,而《红楼梦》本身亦相矛盾。红学本是从矛盾中发展壮大起来的。固不足为病。但广大读者自外观之,只觉烟尘滚滚,杀气迷漫,不知其得失之所在。胜负所由分,而靡所适从焉。

昔1963年有吊曹雪芹一诗,附录以结篇:

艳传外史说红楼，半记风流得似不。

脂砚芹溪难并论，蔡书王证半胡诌。

商谜客自争先手，弹驳人皆愿后休。

何处青山埋玉骨，漫将卮酒为君酬。

1978年9月7日

红楼释名

《红楼梦》已盛传海内外，蔚成显学，而红楼何指未有定论。唐诗中习见，是否与之有关，亦不明确。如甲辰本梦觉主人序文云"红楼富女，诗证香山"即为一例。以本书言，写楼房甚少，若怡红、潇湘、蘅芜皆只平屋耳。

"红楼"典故

《资治通鉴》卷二六三叙五代建事曰："建作府门，绘以朱丹，蜀人谓画红楼。"画者，美辞。红楼即朱门也。又《成都古今记》云："红楼，先主所建，彩绘华侈……城中人相率来观，曰看画红楼。"是当时确有一金碧交辉之楼，补鉴文所未及，记时人语，多一"看"字尤妙。

夫王建据蜀，虐使其民，大兴土木，僭拟皇居，君门九重，其中宫室之美，彼行路人安得群观而赞叹之，恐不过遥瞻而已。史文虽简，盖得其实，却别有一解。吾人习见前清王府款式，而古代朱门，不必皆然，或于门上起楼，雕镂华彩，是朱门亦即红楼也。二说并通，而折衷之论固不足"红楼"解惑。撰人即非泛引唐诗，亦未必抹此故事也。窃谓有虚实二意。

就虚者言之，"红"字是书中点睛处，为书主人宝玉有爱红之病而住在怡红院，曹雪芹披阅增删《石头记》则于悼红轩。此红字若与彼红字相类，自当别含义蕴，非实指也。上一字既虚，下一字亦然，不必以书中某处楼屋实之。若泛指东西二府，即朱门之谓耳。

楼在何处？

或病斯义，虚玄惝悦，必求某地以实之，其天香楼乎？在本书中亦无其他之楼可当此称者。今本第一回楔子中并无《红楼梦》之名，独脂批甲戌本有之。其辞曰："吴玉峰题为《红楼梦》，东鲁孔梅溪则题曰《风月宝鉴》。"审其语气，此《红楼梦》盖接近《风月宝鉴》，然今传八十回之谓也，其重点当在于梦游幻境与秦可卿之死。此句何以被删？不得而知，而关系匪鲜，兹不具论。

第五回之回目与正文，并载《红楼梦》之名，但指一套散曲，非谓全书；见于梦中，又非实境。宝玉梦入太虚幻境在秦氏房中，本书详言所在，而于室内铺陈有特异之描写，列古美人名七，殆已入幻境，非写实也。（此种笔墨与后迥异，于本书为仅见，疑是《风月宝鉴》之原文。）又记：

秦氏笑道:"我这屋子,大约连神仙也可以住得了。"

疑此即"红楼"也。是否即天香楼,无明文,亦可想象得之。惜第十三回"秦可卿淫丧天香楼"之文,被删已佚,无助于了解,剩得未删之句:

另设一楼于天香楼上……打四十九日解冤洗孽醮,然后停灵于会芳园中。

是天香楼在会芳园中而秦氏即死于此楼之明证。其是否为可卿卧室,尚未能定。靖应鹍藏本畸笏评语有"遗簪更衣诸文"六字,是天香楼盖为秦氏所居,即宝玉前日入梦之地,亦即所谓红楼也。虽非定论,聊益谈资,遂记之以诗云:

仙云飞去迷归路,岂有天香艳迹留。
左右朱门双列戟,争教人看画红楼。

1978年9月23日

甲戌本与脂砚斋

在各脂评本中，甲戌本是较突出的，且似较早。甲戌本之得名由于在本书正文有这么一句："至脂砚斋甲戌抄阅再评，仍用《石头记》。"

现存的胡适藏本却非乾隆甲戌年所抄，其上的脂批多出于过录。

这本的特点，在此只提出两条：一早一晚，都跟脂砚斋有关。所谓早，即上引语，甲戌为一七五四年，早于己卯、庚辰约五六年，今本或出于传抄，但其底本总很早，此尚是细节；本文出脂砚斋，列名曹雪芹之后，于"红学"为大事。此各本所无，即我的八十回校本亦未采用。以当时不欲将脂砚之名入"正传"，即诗云"脂砚芹溪难并论"之意也。其实并不必妥，姑置弗论。

脂砚"绝笔"在于甲戌本吗？

此本虽"早"，却有脂斋最晚之批，可能是绝笔，为各脂本所无，这就是"晚"。这条批语很特别，亦很重要，载明雪芹之卒年而引起聚讼。我有《记夕葵书屋〈石头记〉批语》一文专论之，在此只略说，或补前篇未尽之意。

此批虽甲戌本所独有，却写得异常混乱，如将一条分为两条而且前后颠倒，文字错误甚多，自决非脂砚原笔。他本既不载，亦无以校对。在六十年初却发现清吴鼒夕葵书屋本的批语。原书久佚，只剩得传抄的孤孤零零的这么一条。事甚可怪，已见彼文，此不赘，径引录之，以代甲戌本。

> 此是第一首标题诗，能解者方有辛酸之泪哭成此书。壬午除夕书未成，芹为泪尽而逝。余常哭芹，泪亦待尽。每思觅青埂峰，再问石兄，奈不遇赖头和尚何，怅怅。今而后愿造化主再出一脂一芹，是书有幸，余二人亦大快遂心于九原矣。甲申八月泪笔

此批中段"每思"以下又扯上青埂峰、石兄、和尚，极不明白；石兄是否曹雪芹亦不明，似另一人。首尾均双提芹脂与本书之关系，正含甲戌本叙著作者之先提雪芹继以脂砚斋，盖脂砚始终以著作人之一自命也，此点非常明白。又看批语口气，称"余二人"，疑非朋友而是眷属。此今人亦已言之矣，我颇有同感。牵涉太多，暂不详论。

曹雪芹非作者？

甲戌本还有一条批语，亦可注意：

> 若云雪芹披阅增删，然则开卷至此，这一篇楔子又系谁撰？足见作者之笔狡猾之甚，后文如此处者不少。这正是作者用画家烟云模糊处，观者万不可被作者瞒弊（当作蔽）了去，方是巨眼[1]。

当是脂砚斋所批。我当时写甲戌本后记时亦信其说，而定本书之作者为曹雪芹，其实大有可商者。学作巨眼识英雄人或反而上当。芹既会用画家烟云模糊法，脂难道就不会么？此批之用意在驳倒"批阅增删"之正文而仍归诸芹，盖其闺人之心也。一笑。

脂砚斋为什么要这样批呢？原来当时雪芹的《红楼梦》著作权未被肯定，如裕瑞《枣窗闲笔》、程高排本《序言》皆是，此批开首"若云"句可注意，说雪芹披阅增删，即等于说不是他做的，所以脂砚要驳他。但这十六字正文如此不能否定，所以说它是烟云模糊法。其实这烟云模糊，恐正是脂砚的遮眼法也。是否如此，自非综观全书与各脂批不能决定。这里只不过闲谈而已。

1　此批当在"满纸荒唐言，一把辛酸泪"一诗之上，但并非第一首标题，盖别有说，今不详言。

红楼迷宫,处处设疑

还有一点很特别,《红楼梦》行世以来从未见脂砚斋之名,即民元有正书局石印的戚序本,明明是脂评,却在原有脂砚脂斋等署名处,一律改用他文代之。我在写《红楼梦辨》时已引用此项材料,却始终不知这是脂砚斋也。程、高刊书将批语全删,脂砚之名随之而去,百年以来影响毫无。自胡适的"宝贝书"出现,局面于是大变。我的"辑评"推波助澜,自传之说风行一时,难收覆水。《红楼》今成显学矣,然非脂学即曹学也,下笔愈多,去题愈远,而本书之湮晦如故。窃谓《红楼梦》原是迷宫,诸评加之帷幕,有如词人所云"庭院深深深几许,杨柳堆烟、帘幕无重数"也。

1979年4月20日写

辑 四

贡献给今日的青年

读书的意义 [1]

古人云："读万卷书，行万里路。"这不仅有关连，是一桩事情的两种看法而已。游历者，活动的书本。读书则曰卧游，山川如指掌，古今如对面，乃广义的游览。现在，因交通工具的方便，走几万里路不算什么，读万卷书的日见其少了。当有种种的原因，最浅显的看法，是读书的动机环境空气无不缺乏。

讲到读书的真意义，于扩充知识以外兼可涵咏性情，修持道德，原不仅为功名富贵做敲门砖。即为功名富贵，依目下的情形，似乎不必定要读书，更无须借光圣经贤传，甚至于愈读书会愈穷，这无怪喜欢读书，懂得怎样读的人一天一天的减少了。读书空气的稀薄，读书种子的稀少，互为因果循环。

现在有一些人，你对他说身心性命则以为迂阔，对他说因果报应则以为荒谬，对他说风花雪月则以为无聊。不错，是迂阔，荒谬，无聊。你试问他，不迂阔，不荒谬，不无聊的是啥？他会有种种漂亮的说法。但你不可过于信他，他只是要钱而已。文言谓之好利。有一个故事，不见得靠得住，只可以算笑话。乾隆帝下江南，在金山寺登高，望见江中大大小小多多少少的船，戏问随銮的纪晓岚，共有几

1　原载1946年1月14日《大公报》。

只。这原是难题，拿来开玩笑的，若回答说不知道，那未免杀风景。纪回答得好，臣只见两条船，一条为名，一条为利。在那时，这故事讽刺世情已觉刻露，但现在看来，不免古色古香。意存忠厚，应该对答皇帝道，只有一条船。

好利之心压倒一切，非一朝一夕之故。古人说："不以利为利，以义为利也。"以义为利是遥远的古话。退一步说，以名为利。然名利双收，话虽好听，利必不大。惟有不恤声名的干，以利为利，始专而且厚。道德名誉的观念本多半从书本中来，不恤声名与不好读书亦有相互的关连。

在这一味好利的空气中寻求读书乐，岂不难于上青天，除非我们把两者混合。假如我们能够立一种制度，使天下之俊秀求官位利禄之途必出于读书，近乎从前科举的办法，这或者还有人肯下十载寒窗的苦功，严格说来，这已失却读书的真意义，何况这制度的确立还遥遥无期。

现在有一种情形，这十年以来，说得远一点，二三十年以来都如此，就是国文程度显著的低落，别字广泛的流行着，在各级学校任教的，人人皆知，人人皱眉头痛，认为不大好办的事情。这严重的光景，不仅象征着读书阶级的崩溃，并直接或间接影响到民族的前途，国家的生长。

文字教育好像不算得什么。文字原不过白纸上画黑道，一种形迹而已，但文化却寄托在这形迹上。我们常夸说神州立国几千年，华夏提封数万里，这种时空的超卓并不必由于天赋，实半出于人为，皆先民积久辛勤努力所致，我们应如何欢喜惭愧，却不可有恃无恐。方块字的完整，艰深，固定，虽似妨碍文化知识的普及，亦正于无形之中维护国家的统一与永久。从时间说，我们读古书如《论》《孟》，觉得孔子孟子似乎不太远，而杜工部苏东坡的诗文呢，他们两位活像我们的老前辈，这是方块文字不易变动之力。假如当初完全用音标文字，那不必提周秦两汉，就是唐宋，也就很遥远而隔膜，我们通解先民的情思比较困难，而华夏国本亦因而动摇不安。再从空间说，北自满洲，南迄岭海，虽分南北中三部，细分还有更多的区域，然而中国始终只是一个，譬如说广东话与北京话完全两样，而纸上文字完全一致。我国屡经外夷侵略，或暂被征服，而于风雨飘摇中始终屹立不失者，上面已表过是先民血汗的成绩，而在民族的团结上，文字确也帮忙不少。历史事实俱在，不容易否认的。

所以文字教育的失败，表面上看只是读书种子稀少，一般国文水准低落而已，骨子里已损害民族国家的前途，自非好作危言耸人听闻。废书不读可谓今日之流行病。用功的人难道没有？即有少数人的好学潜修也不足挽回这颓风。即以学校教育而论，听讲的时间每多于自修，而自修课业，有如太史公所谓好学深思心知其意者能有几人？我不敢轻量天下之士，武断地说或者不多罢。如何使人安心向学，对读书感到兴味，似是小事，却是牵连社会生计问题，譬如饿着肚子读书当然不成的，更有关于教育考试铨叙各制度的改革。我们从事教育写作文字的固责无旁贷，但已不仅是个人努力的事，而成为民族复兴国运重光的大业之一了。

关于治学问和做文章[1]

一

关于治学问，现在想来，司马迁所讲的"好学深思，心知其意"的道理是颠扑不破的。做学问，其一要博，其二要精。学问这东西看上去浩如烟海，实际上不是没有办法对付它的，攻破几点就可以了。荀子说，"真积力久则入"，从一点下手，由博返约，举一反三，就都知道了，何在乎多？喝一口水，便知道了水的味道；吃一口梨，便知道了梨的味道。诗词歌赋，都是能一通百通的。

首先要好学深思，更重要的是心知其意，要能够发现问题、解决问题。在好学深思的基础上自然就能发现问题了，不是为了找问题而找问题。

以《红楼梦》研究为例，就能说明一些问题，我看"红学"这东西始终是上了胡适之的当了。胡适之是考证癖，我认为当时对他的批判是击中其要害的。他说的"少谈些主义，多谈些问题"，确实把不少青年引入歧路；"多谈些问题"就是讲他的问题。现在红学方向

1　原载1985年《文史知识》第八期。

就是从"科学的考证"上来的;"科学的考证"往往就是烦琐考证。《红楼梦》何须那样大考证?又考证出什么了?一些续补之作实在糟糕得不像话,简直不能读。

"好学深思,心知其意"的原则在这里也是适用的。对《红楼梦》,既不好学,又不深思,怎么能心知其意呢?《红楼梦》说到天边,还不是一部小说?它究竟好到什么程度,不从小说的角度去理解它,是说不到点子上的。

自学之法,当明作意。要替作者设想,从创作的情形倒回来看,使作者与读者之间发生联系。作者怎么写,读者怎么看,似乎很简单。然于茫茫烟雾之中欲辨众说之是非,以一孔之见,上窥古人之用心,实非易事。

二

我小时候还没有废科举,虽然父亲做诗,但并不给我讲诗,也不让我念诗;平时专门背经书,是为了准备参加科举考试。在我八九岁时废除了科举,此后古书才念的少了。不过小时候背熟了的书,到后来还是起了作用。我认为记诵之学并非完全不可行,而且是行之有效的。

记诵之学不足以为人师,因为读书是要解决问题的;但这并不是说不要背诗。好诗是一定要背的。我当初念书没念过《唐诗三百首》，不过好诗我总是背下来，反反复复地吟味。诗与文章不同，好文章也是要背的，讲诗则是非背不可。仅仅念诗是不成的，念出的诗还是平面的；翻来覆去地背，诗就变得立体了，其中的味道也就体会出来了。

三

古典文学的研究和创作当然也有关系，研究诗词的人最好自己也写一写诗词；做不好没关系，但还是要会做，才能体会到其中一些甘苦。诵读，了解，创作，再诵读，诗与声音的关系，比散文更为密切。杜甫说，"新诗改罢自长吟"，又说，"续儿诵文选"，可见他自己做诗要反复吟哦，课子之方也只是叫他熟读。俗语道，"熟读唐诗三百首，不会做诗也会吟"，虽然理浅，也是切合实情的。

我治学几十年，兴趣并不集中。在北大初期写一些旧体诗，到新文化运动时又做新诗。从1918年到1920年没有做旧诗。以前跟老师学骈文，新文学运动开始后，这些也不学了。但这些对于我研读古人的文学作品却很有帮助。的确，创作诗词的甘苦亲身体验一下，与没有去尝试、体验大不相同。如词藻的妙用，在于能显示印象，从片段里表现出完整。有些境界可用白描的手法，有些则非词藻不为工。典故往往是一种复合，拿来表现意思，在恰当的时候，最为经济、最为得力，而且最为醒豁。有时明明是自己想出来的话，说出来不知怎的，活像人家说过的一样；也有时完全袭旧，只换了一两个字，或竟一字不易，古为我用，反而会像自己的话语。必须体验这些甘苦，才能了解用典的趣味及其需要。

四

我曾想做一组文章，谈谈做文章的问题，就叫《文章四论》。一是文无定法。文章没有一定之法，比如天上之云，地上之水，千姿百态；文章就像行云流水。别人问我"文法"，我说我不懂文法。二是文成法立。行云流水看来飘逸不可捉摸，实际上有一定之规，万变不离其宗。

后两句我认为更重要。其三是声入心通。《诗·大序》："情动于中而形于言，言之不足，故嗟叹之（《礼记》作'故长言之'）；嗟叹之不足，故永歌之。"长言、嗟叹、咏歌，皆是声音。《虞书》："诗言志，歌永言。"六字尤为概括。上文言诗，亦通于散文。于诗曰诗情，文曰文气。如曹丕《典论·论文》曰："文以气为主。气之清浊有体，不可力强而致。譬诸音乐，曲度虽均，节奏同检，至于引气不齐，巧拙有素，虽在父兄不能以移子弟。"古人做文章时，感情充沛，情感勃发故形之于声。作者当日由情思而声音，而文字；今天的读者要了解当时的作品，也只有遵循原来轨道，逆溯上去。作者当时之感寄托在声音，今天凭借吟哦背诵，同声相应，来使感情再现。念古人的书，借以了解、体会古人的心情。

其四是得心应手。文章事业的圆成本有一个通例，就是"求之不必得，不求可自得"。古人论文往往标一"机"字，概念的诠表虽伤于含混，却也说明了一些道理。陆机《文赋》说，"故时抚空怀而自惋，吾未识夫开塞之所由"，这是对文思的很好的描写。得于心，则应于手；与一切外物相遇，不可著意，著意则滞；不可绝缘，绝缘则离，那种况味正在不离不著之间。

这四篇文章我并没有做成，而且恐怕永远也做不成了。不过这是自己写文章的一点体会，也是研读古人作品的必由之路。创作和研究两者原本是相通的。

总之，文史哲三大类中还有好多问题，多年来仍没有解决。书虽然不少，但往往不能解决问题。作文艺批评，一在能体会，二在能超脱。必须身居局中，局中人知甘苦；又须身处局外，局外人有公论。《人间词话》论诗人之素养，以为"入乎其内，故能写之；出乎其外，故能观之"。我于论文艺批评亦云然。

五

再谈几句题外的话。这就是现在出版的一些书籍的质量问题。

比如古籍的整理点校，这是一项十分重要的工作，但一些校点本，在校勘、标点上错误多得异乎寻常，有时甚至出现一些常识性错误，这不仅给我们的文史研究带来极大的不便，而且还要误人子弟。另外，还有许多书籍的问题出在印刷上，造成了许多不必要的麻烦。如此等等，都亟待解决。因而想借此机会呼吁一下。

智人愚人聪明人[1]

> 古之善为道者，非以明民，将以愚之。民之难治以其智多，故以智治国，国之贼；不以智治国，国之福。
>
> ——《老子》

这似乎是反话，却亦有正面的意思，所谓"正言若反"也，所以下面接着说，"玄德深矣远矣，与物反矣，乃至于大顺"。太史公亦说，"老子深远矣"。这两个字是大有来历的。

有人说"民可使由之，不可使知之"，是孔夫子的愚民政策，其实不然。更有人故意这样读，"民可，使由之，不可，使知之"，大有像笑话里所说"下雨天留客天留我不留"的趣味，殊非说经之体，更可不必了。这老牌《论语》的意思本来很明白的，所谓"不可使知之"者，乃无法使他们知或知得透彻，却非不要或不许他们知也。但老子愚民之意实较仲尼孔氏大为明显。他总不会怕人家骂他"落伍""开倒车"或"为统治阶级绘蓝图"，——却有一层：在"逝者如斯不舍昼夜"前进之局，即使会趋于幻灭之鏊，这倒车开得成否大

---

1 原载1948年9月16日《论语》一六〇期。

是问题，或竟已不成问题，吾恐这犹龙的老子生今之世，亦没得啥说的。

　　古代社会里似乎包括着三种人，不能以职业分。第一是智人或哲人，如孔老释迦及其徒众。第二，愚人即老百姓。这似为两个极端，却互相接近的，所以古书上每以"圣人"与"匹夫匹妇"相提并论，未尝不暗示此意。为什么呢？他们都有所畏，或畏天命，或畏国法，或畏业报，如所谓"菩萨畏因，众生畏果"，所畏虽不同，其有所畏则一也。既有所畏，即有所不为。这有所不为，虽似被动，而自动的有所不为的精神即在这儿扎根。反之则为小人，正如《中庸》上所说，"小人而无忌惮也"。

　　上边的话未免太头巾气，试从另一个角度看。我父亲的《小竹里馆吟草》卷七有《京寓书感》一诗：

　　　　世事推移卅载中，朝臣遗范溯咸同。束身颇畏清流议，冷官曾无竞进风。生计从容蔬米贱，烽烟安静驿程通。辇书弱冠春明道，曾见开元鹤发翁。

　　叙说光绪初年京官的情形，赞美得或者稍乐观一点，却有一部分的真实。尤以三四一联动人感慨。中国的士大夫与老百姓向来都在一种规范之下被约束着，这个事实怕不易否认吧。

　　当然，即在顶专制的国度里，决不缺乏另一型的人。单有上述的两种人，亦不能构成这复杂的社会的。人人都这样规行矩步吗？

我们也断不能信古代就是如此的。于是有第三种人。这是聪明人，或自作聪明，自以为我比你聪明的人。依传统的看法，这里面包括着无忌惮的小人。"聪明人"似乎是好名词，"坏人""小人"多么不受听。但亦只名称的区别而已。

保守的分子把中国拉得直往后退，我们传统的习惯呼为君子，那前进的呢，至少有一部分得了小人的雅号；这和现在流行的意念恰好相反，而且非常别扭。在同一的社会里，关于人们的行为有了互相颠倒的批判标准存在着，应用着未有不大混乱的。我想，这是了解中国的实情重要关键之一。越批判越糊涂，实不足怪也。

不错！这第三种人正是最解放的，最开明的，在我们这时代里渐渐地增多起来，渐渐地以一面倒的威力压倒这愚智两端，而咱们的教育亦推波助澜，惟恐其消灭之不速，变化的不快也。教育的目的小孩都知为开通民智。民智既然开通，愚人当然减少，不成问题。又因为近代教育图平均的发展，不善天才的培植，趋于标准化，庸俗化；是以圣哲固决不再生，而通人亦稀如麟角。古代所谓智慧与聪明范围本不同，越聪明或者越不智慧哩。记得有位朋友说过，一切的有所知识都属于聪明，只有中间的虚怀，一点是智慧，义虽不必完全，而诚哉是言也。

我们近代的教育——当然是整个儿的文明机构，不仅仅教育如此，大量地制造这些所谓聪明人，似乎国运总该日进无疆一日千里了。为什么反而后退呢？我不能答。莫非还由于这些保守顽固的分子拉着，坠着，连累着吗？我也不知道。我不敢说它的影响为好为歹，但有一点可以明白的：要好，便会很快的好起来；不好，当然，很快的变坏，如人患了急性的疾病一般。为什么这理容易明白呢？譬如一物，由许多分子构成的，那些保守的人我们叫他惰性分子，那些聪明人我们叫他急性的或活跃分子，惰性的分子，无论做啥，都是慢的；急性的，相反。一辆破车让老牛驮着，即使翻车也这样慢慢慢慢的。若快马加鞭，一楚溜便下去了，绝少犹豫之顷，回旋之地也。

　　恐怕有人诧异我这文章的内容。在这个年头说这样的话，可谓奇绝矣。奇绝不奇绝且不管它。知识的进步，当然"要得"，可惜其他的不跟着走哩。所以这仅仅的知识进步，本来"要得"，却似乎有点"要不得"起来。这里牵涉得太广，下边稍说几句作为收科。

　　人之所以异于禽兽者，以其有知识也，但欲望则人禽之所同。我们盖无法使我们的欲望向知识看齐。（譬如我说，咱们的欲望比白鼠高一百倍，心理学家会证明这数目字否？）不但此也，另一方面，欲望反而跟着知识发展。以万能的近代知识扇着原始的欲焰，吐射万丈的光芒，来煎熬这人类的命运；这就是近代生活的写真。我引用自己的诗句，"我思古之人，愚者何其多"。诚然哉，古之人，愚者何其多也。

1948年8月10日

我的道德谈[1]

　　道德是人生上第一切要的事；我们日常说话做事，都靠着它指导裁判；它竟是我们的标准。但是这个标准，常常改变；每当新旧交替的时候，冲突更觉明显。以中国现在的情形而论，一般人的嘴里尽管念着道德，心里却不很明白新道德旧道德两个字的真正意义，只是感情的误解，因而有所谓新道德旧道德的争论。这虽是交替时代不能免的现象，但社会久滞于过渡状况，一方面阻碍中国的新机，一方面增加人生的苦痛，是很危险的事。所以要解决这个问题，虽然非常困难，而在今日中国却是非常切要。我为这种刺激所迫，就凭着个人一时的感想做这篇论文。我现在不能多读外国书，所以这篇文章定不能满意，定不是道德根本的研究；只希望大家注意，大家讨论；若果将来能够打破这个混沌局面，开出一种急转直下的趋势，便好了。

一

　　现在要说道德问题，应该先明白道德本身是什么？是怎样来

1　原载1919年5月1日《新潮》第一卷第五号。

的？这都是极重要的事情。必定先要把这两层明白了，立论才有所依据。但这两个问题，都不容易解决；我姑且做个粗浅的答案。

道德本身是什么？我对于这个问题，有两层相关联的意思：

（一）道德是人类一种广泛同情的实现，就是说道德是爱，也没有什么不可。人类于弱肉强食之外，对于非我之人及动物，另具有一种真挚的情感。所以常有许多事情，即没有强力逼迫着去做，而做了之后，在实际上对于他自己并没有利益，或更有所损，在这种情形下尽可以不做，但他觉得不得不做。或者有许多事情，很可以快他一己的欲念，并没有强力不叫做，也不是他不能做，而心里总觉得不愿意。这类心思，是广泛同情的实现，是人类的灵性，这就是道德的根本。

（二）道德是个人一种良心的制裁。有自动的能，方清楚自由的意识，主宰精神肉体两方面的势力。他对于个人自己内心负责任，不肯受外界制限。换言之是从我的意志，判断我的行为，做出一种理性的规范，自己不由的去遵守它。

上边话虽分两层，却互有关联。一个人何以会有良心的制裁呢？不外他有广泛同情的缘故。怎样才能够发挥广泛的同情呢？只有服从自己良心制裁的一法。这本是一件事情的两面，并不是两件事，很容易明白的。

道德是怎样来的？要说明这个问题，首先要讲道德和人生的关系。

原来道德之生，乃借人之本能作用去顺应环境，有社会之后，便有共守的定条，这定条就是具体的道德。

　　道德既然和社会有不可离的关系，社会又是常变的，从此可知道德也是不住的了，要解释这个断案，有两个前提可说。

　　（一）宇宙间没有常住的状态，依科学原理，无论什么东西，在什么时候，都有不息的变化；不过变得快的，觉得是动，慢一点便好像静止；其实动静两个字都是假定的名词，不是事实的真相。

　　（二）宇宙没有绝对独立的事物。无论什么东西，虽各自有其独立之地位，可也互有相连之关系。

　　依据这两个前提，在理论上已足证明常变是道德必然的性质。从（一）讲起来，宇宙间并没有常住的状态；所以道德本体也是不住的变化。从（二）讲起来，宇宙间没有绝对独立的事物；道德既然关联外界，还要顺应一切；所以不得不跟着它变。

　　就是在事实上面，也很容易看出这种情形。道德本由人造。推想茹毛饮血的时候，与动物生活差得不远，决不懂得什么道德。到后来知识能力都进步了，应四周围的要求，才有道德上的信条。又不知经过了多少年代，然后有对于道德明确之见解组成有条理的思想。假使人类永久保守，道德原不会发生的。因为顺应变化才生出道德观念，它的本身就是不住的；后起之条件自然不容不变。考之历史和现在，它的变化程序并没有停顿（因有特别情形，暂时停止的，不在此限），更可推到将来也是一样。所以从几方面看来，道德的变化，是永久的，是不住的：这是没有疑惑的了。

　　道德是什么，算已约略表过。现在要问：我们人类为什么要讲道德？例言之，道德对于人生是否必要？我对于人生所以不离开道德的缘故，有两种设想：究竟还是不能呢？还是不可呢？倘若道德观念从人类本性出来，这是所谓不能；那便没有什么问题，因为它虽不必要，我们却没法丢开它。假使道德是人类后来造成的一种规范，因为它能够达到人生向上的志愿，维持世间的安宁，所以我们不愿意离开它；这就叫做不可。这两种设想，很有点不同。据我的判断，还有是后项而非前项。

人为道德而存在呢？道德为人而存在呢？倘如上一说，道德已经超越人生以上。人类受了造物支配，自然而然的发生道德思想，并没有一种目的在里面。这人生所以不离开道德，竟是不能，讲不到什么可不可。若如第二说，道德以人生为范围，以人生之目的为目的。因为它能满足我们的希望，方才有需要。假使违反这种希望，当然把它去掉，另外建设新道德。前一说是宗教家的说话，探之茫茫，索之冥冥；我们还是认定后一说，以为人类所以不丢开道德是不可，不是不能。既然如此，人类所以要讲道德，必先有个目的。这目的就是人生的幸福，但却不是部分的，暂时的；是全体的，永久的。不单是肉体的，是兼包精神；不是几个人的，是公众的。我们因为认定道德是达到人生最大的希望的惟一方法，所以要竭力讲究它，遵守它。那些与我们目的相反的伪道德，便该加以破坏。这是人人都懂的，是都该懂的。

人生以幸福为目的，所以道德的作用只是有意识的向善。所谓善者，必须以意识做引导。虽貌似善事，而实无意识可言的，总不在善的范围之内。所以道德的观念,必有清楚的知识;道德的作用,必有自动的能力。真正的道德是有理性的,适于当时的,助社会进化的;决不是专守着死板板的具体条件,去范围一切。如此说来,种种陈腐遗迹,违背理性的伪善,必将渐渐天然淘汰,是无可疑的了。

二

道德原为达到幸福而设的。但是有时候,因为社会上道德观念不很一致,便大起冲突,反给人生添许多痛苦,竟和本来目的显然相反了。然而这是一时的现象,无论当时如何危险,只要努力把它解决了,前边便是光明。我们人生总是向着最后之目的走去。

我们要看新旧道德观念冲突的现象,不必在远,中国便是一个极好的例。现在国内社会的情形,真是五光十色,新旧掺杂在一团体,或一家族之中,显然分出绝对相反的两种人来。这两种人说话做事,根本上不相容纳;偏同在一处营公共的生活,冲突就从此多了。我想解决这个冲突,大约有两种办法。

(一)渐进的解决法。主张这一种办法的人,以为凡事都有个顺序。新旧道德观念虽差得很远,但是也可暂且施行一部分的改革,调和两面思想,使他们渐渐接近,冲突自然会无形消灭的。他们的办法,是一面进取,一面迁就。这种渐进派在社会上很占多数。他们的方针,可以叫做调和的解决法。

（二）急进的解决法。这是极少数人的主张。他们以为要有真正的建设，必先有根本的破坏。是非之间总要分清楚，决没有迁就的余地。一种的见解都是糊涂笼统的主张，真理只有一个，不能讲什么调和。他们是想一方推翻旧的，一方创造新的来替代旧的。这办法可以叫做不容忍的解决法。

我的意思，是后项而非前项；现在约略写在下面。

原来社会进化，从古到今，不知改革了多少次。但变化纵不十分剧烈，却也有一定的形迹。大凡人生做事的精神，一方创造，一方便因袭，两种好像矛盾，却是一件东西的两面。宇宙间所有事物，是一息不息的往来：两个概念，瞬息变化，时间本割不断。所谓新旧不过假定而言。种种革新事业，未必把旧的完全去掉。换句话讲，新组织也含有旧的分子。即退一步讲，我们的理想物已经完全变新了，丝毫不留旧的影子了，但这个"创始"这个"新造"依然另有所承受。所有完全靠着个人想得的学说，完全不凭摹仿造出来的新事业，都不是突然而来，都是有个端绪，都是有所承受。因为人类决没有凭空结撰的知识，决没有极端独立不由启发不由经验的知识。这样看来，新旧两个字竟是世俗的说话，不通的名词；就真实道理讲起来，并没这种分别。从此可知道德不能分新旧，只能分真伪。我们只能说有伪道德，不能说有旧道德，只能说有真道德，不能说有新道德。道德不能自相矛盾，就不允许有这矛盾名词加上。若把新旧两种道德同时并举，岂不是认道德可以反背吗？岂不是认道德的标准不一吗？岂不是认近时的伪道德可以乱真吗？

现在所谓旧道德，只是习惯。道德必须有灵性，有意识，能达幸福的目的，能满人生的要求；所以道德必和社会的真相吻合，必不和幸福的效用相矛盾。现在所谓旧道德全是宗法时代的遗传，和现代的生活每每矛盾。非特不能达到人生向上的目的，而且使人堕落在九渊之下，感受许多苦痛（参看《新青年》五卷二号《我之节烈观》）。一般的人所以认它为道德，还不是为习惯所束，不曾仔细在它的效果上着想吗？道德其名而习惯其实，真可谓之伪道德了。

我既用真伪来代替新旧，而且以为现在所谓道德是个伪的，这种真伪道德的冲突，当然不便用调和的方法解决了。调和两字应用的范围，总在两方面大体相合，不过条目上有些不同的时候，至于真和不真，未可容中，根本正相反对，调和决无从着手。从这里看来，渐进的方法绝对不适用，非常明显。然则不管牺牲多么样大，根本把伪的推翻，去建设自由的，活泼的，理性的，适应的真道德，真是刻不容缓的事件！

三

既要破坏伪的道德，先要把它的罪状逐样指出，叫大家知道有不得不破坏的原故。古人的伦理观念，原适应于当日的社会情形。我是说它不适应于现今的生活；不是硬说它不宜于古人。

中国伦理思想，从古到今，虽没有大改变，小有出入的地方也很多。但我所要说的，是现在社会一般人心目中的道德观念，不是把周公怎么说，孔子怎么说，汉儒怎样，宋儒怎样，罗列比较起来；做一部中国伦理思想的历史。我的目的专是解决现今之道德问题。

《六经》是中国讲道德的标准，而这类书大都文义艰深，字句残缺。所以中下等社会只有僧道的迷信，遗传的习惯。不但不曾懂真正的道德，就是那不适现今的宗法伦理观念，也还缺陷。至于上流人所谓道德，也不过发挥古训的缺点，消灭它的好处罢了。所以古代道德本不适应现今，而一般之所谓道德，比它本来面目更坏，更不近情理。举几个例证如下：

（一）女子的贞操，在古时遵守已极严了；但夫死无子，还许再嫁。且在宗法社会里面，有这种偏颇道德，也还不奇。后来社会情状渐变，这一件事反变本加厉，认为"饿死事小失节事大"，岂不是有点奇怪。

（二）信列于五常，《论语》上面说"人而无信不知其可也"。可见虚伪一事，古人明认为不道德；现在人却拿矫饰当做应世的惟一善法。

（三）古人说，"欲败度，纵败礼。"而现在人大都以吃，喝，嫖，赌，纳妾，为人生最大的幸福。其实纵欲和不节俭，是古代道德悬为切戒的。他们觉得于自己不便，便把平日所以为"口头禅"的经传，置之不问。

中国多数人既不懂什么是道德，事实上又不肯去实行，但是他们嘴里架子永不肯去掉，整天的鼓吹维持风纪，我要劝他先把自己的风纪维持维持才好！

现在最流行的主要道德观念，便是古人所谓"三纲"，列对照表如下：

从下表一看，有个很奇怪的地方，就是底下一排对照上面，都是偏的。如忠是臣的道德，孝是子的道德，贞操是妻的道德。

古之所谓三纲	今日通用道德的名词
君为臣纲	忠
父为子纲	孝
夫为妻纲	贞节烈

何以为纲的人竟丝毫不负道德的责任呢？这不是我把表配错，他们讲道德的人，本来说得奇怪。什么叫做三纲，老实说就是三奴。伦理思想的纲领既已充满了奴性，那些细节地方，自然反背人生幸福之目的。多数人以为圣人说的，有苦也不敢说。但是当初还讲"君君、臣臣、父父、子子"，又说"夫和、妻柔"，这种话虽也有偏重，但总兼顾两面，不是绝对的专制，而且当时有当时的情形，后来人一味死守，实在不妥。我把这三种基本道德，分段略加一点说明和批评。

忠是专制时代愚人的东西。庄周所谓"窃国者为诸侯，诸侯之门而仁义存"，正是这个忠字的实在情形。这本是历史上的陈迹，到了现在，虽还有班遗老和头脑不清的人，大谈特谈。其实照时势的逼迫，并不曾有讨论的价值，现在可以不说了。

第二便是孝。中国几千年政治家族社会一切方面，都被它支配。倚赖保守退化种种坏现象，也常靠它作根据。讲到这个问题，虽极有见识和胆量的人，也不敢张嘴，好像一有疑惑，便是"天所不覆地所不载"的。其实把它观察明白，也尽平常的很。

孝的观念发生极早，是子女对于父母情爱的实现，原是很平常很应该的事，怎样在中国会变做人生的罗网呢？这是因为古人主张"君父一体"，又说"齐家而后治国"，用专制势力，遮没它的真相。就亲子的关系，去推行专制，本很容易。儿童原什么不懂，全靠父母指导；等得子女长成之后，便不该凭自己脑筋去支配他们的前途。但古人不明白这个，相信"君父一体"的梦话，硬把成人当作小孩看待，搭起架子，根本消灭子女的人格。一方绝对服从，一方无限的专制，永远叫新的跟着旧的走。中国进步之停滞，这是一极大的原因。

在别的事情，压力重了，便要起反动，还可以解决；在这种情势，却又很难。人的一生，不能离爱，而爱每从亲始。从来人智开明，才会爱国家，爱民族，推而爱人类，再推而爱动物。但当初最亲的是父母，自然最爱父母。有这个原故，父母尽管专制，本心却充满爱情。子女尽不愿服从，奈父母不比旁人，因体恤生我者爱我者的心理，不得不出于为人的容忍。这层障碍，看得破的人未必就打得破，因为有道德的真心在内。于是中国几千年的人生，都现暗淡之色了。现在对于这个问题，应该剖析真伪，分别解决。一面发挥真切的情爱，一面消灭惨苦的拘束。使亲子间有一个正当界限，不得逾越，不相妨碍，然后孝之一字，才是近代真正的道德。

最后这件事是贞操。中国人对于这种观念，是严酷而又片面的，专拿它去压制女子。不苟且是贞；夫死而守是节；夫死而殉，或遭强暴自尽，是烈。这三件倘完全是本人意志，还没什么不可，无奈每每是逼着做的。我反对这种虚伪的道德，有两个理由：第一层，因为它限于一方面；第二层，因为它不造幸福，而造苦痛。

前边所说三种，是现在一般所谓道德的基本。我再把他们的缺点，分出几条，总括的说一遍。

（一）道德随社会而变。现在所谓道德是宗法时代的遗影，到了现在，处处觉着不能合拍。不应时了，便该推翻。

（二）道德根据良心，贵有真挚的情爱。一般所谓道德，大半是些反乎人情，无用的规条。

（三）道德是人人都应该，都能够，都愿意的事。而一般所谓道德，片面居多；一方求全责备，一方完全放任。在这方面万办不到，在那方面又得有人愿意。这类偏畸的道德，就是伪道德。

（四）道德是达到幸福的手段，而一般所谓道德，偏要造出苦痛。

如此看来，伪道德有不能不根本推翻的所在，大家应该没有疑惑的。

四

破坏是建设之母，但破坏不过是进行的一种手续，最后的目的，仍应在建设一方面。所以现在解决道德问题，既先要划除不合时宜的伪道德，进一步就该把适宜于现在的真道德建设起来。但是建设事业关系很大，决不能随便说说。若果当时稍缺详密之考虑，小有错误，到实施于社会的时候，就会从这点生出毛病。但谨慎又和懦怯不同，胸中果存了退缩推诿的心思，便是学者的自贱。我原配不上讲道德怎样建设，现在姑且把一时的见解随便写下罢了。

新道德的建设上，现在无须谈到具体的条件，应当说明今后道德趋向的基本观念。

（一）尊重个性之独立。道德根据良心，绝对承认个人的人格和独立，决不许有压制和依赖。道德是从内发出来的，不是从外压迫而成的。没意识的盲从，虽做的是善事，也不算真正的道德，况且道德的目的，原为发展人生的福利，若是不许个性的充量发挥而仅凭社会上习惯的制裁，便每每丧失了原来的意义，反而为人生的福利的障碍了。总而言之，道德是达到人生目的的一种重要的手段——是有理性的，——所以必须待个性发挥了后，才可以得个正确根据。中国旧道德之所以为伪道德，正因其否认个性，因而全无灵性了。

（二）发展博施的情爱。道德是爱的实现，兼包人我两方面。戒杀戒嫖，虽是对于人类或动物的同情，依然含有本身向善的目的。再进一层说，只有爱我，没有什么爱人。人类是广义的我，动物是更广的我，以我而爱之，不以人而爱之。历史上的圣哲，以身殉道，都因为爱他自己的精神太切了，因而把次爱的肉体之我割弃了。表面虽是"舍己从人"，其实是牺牲一部分的我，去发展全体的我；牺牲肉体的我，发展精神的我。这种博施的情爱，是道德的根据。

（三）限制纵欲。这是（一）条的附件。既要发展个性，自不得不把诱惑个性使他堕落的恶障去掉。欲就是个性的恶障，凡肉体上的享受都包括在内。我主张限制纵欲，有四个理由：第一，人类应当发挥固有的灵性，兽性放肆，便能昏蔽神明，破坏幸福。第二，人类能支配外境不为外境所支配，欲念过度，便受了束缚，失却意志的自由，不能有进取健全的道德。第三，纵欲之极，只知有肉体之我，不认识有精神上之我，和道德完全相反。第四，人人都有欲念，而世间可以满欲的东西有定限。纵欲过度，供不应求，于是酿成犯罪。从这样看来，欲之为害道德很大。我主张的办法，不是绝对的禁止，是要保守现在社会一部分的裁制力，去节限纵欲。社会制裁原不能没有，不过看它制裁的是什么？如果制裁过度的肉欲，自然是好。

（四）戒绝虚伪。这是（二）的附件。在表面看来，好像不必细讲，世间无论什么地方什么时候，决没有把虚伪当作道德的。我特别提出这条，却另有个原故。现在中国社会上虽还不至说虚伪就是道德，但背面暗具莫大的势力。什么叫做"深沉""精明""老练""圆通"？种种名词，都是虚伪的变相。这种人不但以此自得，还教人这样那样，以为处世如此，精妙极了。这还是顾面子的话，竟有些人专靠虚伪做种种特长，偏又不肯老老实实说出，换上个好听点的名词，叫做"权术"。还有一种人骨子纯是虚伪，用着道德做幌子，去欺世盗名，这更是社会的"蟊贼"了。一般人总要知道虚伪是罪恶，用虚伪冒充道德是更大的罪恶，这种办法，决不容于将来的社会。我敢断言，如永久信仰虚伪，永没有真挚的同情，便永不会有真正的道德。

（一）（二）是积极的建设，（三）（四）附件是消极的建设。我个人对于道德问题的意见，一时所想得到的不过如此。这不过是一个发端，不算正式的讨论。

我还有几句话，在结论中说一说。近年国内时局纷乱的原因，虽说是官僚专制，武人跋扈，其实根本上由于思想界之陈腐昏谬，前者至多关于一国的政治，后者乃影响于国民性的精神。我们想一想中国思想界何至坏到这样，不消说学术消沉是它的原因，而社会家庭种种方面的压迫牵掣，更是原因中的原因。那自然要归罪于古代的伦理思想，一般之所谓道德。我们看见这种情形，该从根本着想，既要澄清思想界，先要冲破一切的网罗，更先要实行道德的革命。这是现今最切要的事，是我们青年对于自己对于人类全体的事。不能说这种问题另有一班学者去研究它，我们只要跟着社会做人，不必多管闲事；须要知道人生和道德有密切的关系，一刻不能相离，人人都该提起注意，发一点觉悟。我请诸君仔细想一想，究竟现在应该用什么方法去解决中国之道德问题？

教育论

上

我不是学教育的，因此不懂一切教育学上的玩意儿。正惟其不懂，所以想瞎说，这也是人情。有几个人懂而后说呢？怕很少。这叫"饭店门口摆粥摊"，幸亏世界上还有不配上饭店只配喝碗薄粥的人。我这篇论文，正为他们特设的，我自己在内不待言了。

既不曾学教育，那么谈教育的兴味从那里来的呢？似乎有点儿可疑。其实这又未免太多疑，我有三个小孩；不但如此，我的朋友也有小孩，亲戚也有小孩；不但如此，我们的大街上，小胡同口满是些枝枝丫丫咭咭咕咕的小孩子，兴味遂不得油然而生矣——"兴味"或者应改说"没有兴味"才对。

我不是喜欢孩子的人，这须请太太为证。我对着孩子只是愁。从他们呱呱之顷就发愁起，直到今天背着交叉旗子的书包还在愁中。听说过大块银子，大到搬弄维艰的地步就叫做没奈何。依我看，孩子也和这没奈何差杀不多，人家说这活该，谁叫你不去拜教育专家的门。（倒好像我常常去拜谁的门来。）

自己失学，以致小孩子失教，已经可怜可笑；现在非但不肯努力补习，倒反妒忌有办法的别人家，这有多么卑劣呢！不幸我偏偏有卑劣的脾气，也是没奈何。

依外行的看法，理想的教育方策也很简单，无非放纵与节制的谐和，再说句老不过的话，中庸。可惜这不算理论，更不算方法，只是一句空话罢了，世间之谐和与中庸多半是不可能的。真真谈何容易。我有一方案，经过千思万想，以为千妥万当的了，哪里知道，从你和他看来，还不过是一偏一曲之见，而且偏得怪好笑，曲得很不通，真够气人的。

况且，教育假使有学，这和物理学化学之流总归有点两样的。自然科学的基础在试验，而教育的试验是不大方便的，这并非试验方法之不相通，只是试验材料的不相同。果真把小孩子们看作氧气，磷块，硫黄粉……这是何等的错误呢？上一回当，学一回乖，道理是不错；只在这里，事势分明，我们的乖决不会一学就成，人家却已上了一个不可挽回的大当，未免不值得呢。若说这是反科学，阿呀，罪过罪过！把小孩子当硫黄粉看，不见得就算不反科学。

谁都心里雪亮，我们的时代是一切重新估定价值的时代，除旧布新，正是必然之象，本不但教育如此，在此只是说到教育。我又来开倒车了，"楚则失之，而齐亦未为得也。"譬如贸贸然以软性的替代硬性的教育未必就能发展个性（说详本论下），以新纲常替代旧纲常，更适足自形其浅薄罢了。然而据说这是时代病，（病字微欠斟酌，姑且不去管它。）我安得不为孩子担心。又据说时代是无可抵抗的，我亦惟有空担心而已。我将目击他们小小的个性被时代的巨浪奥伏赫变矣乎。

正传不多，以下便是。我大不相信整个儿的系统，我只相信一点一滴的事实，拿系统来巧妙地说明事实，则觉得有趣，拿事实来牵强地迁就系统，则觉得无聊。小孩之为物也，既不能拿来充分试验的，所以确凿可据的教育理论的来源，无论古今中外，我总不能无疑，恐怕都是些饱食终日无所用心的人想出来的玩意儿。至于实际上去对付小孩子，只有这一桩，那一桩，头痛医头，脚痛医脚，除此似并无别法。只要是理论，便愈少愈好，不但荒谬的应该少，就是聪明的也不应该多。你们所谓理论，或者是成见的别名。——想必有人说，你的就事论事观岂不也是理论，也许就是成见罢？我说："真有你的。成见呢人人都有，理论呢未必都配，否则我将摇身一变而为教育专家，犹大英阿丽斯之变媚步儿也。"（见赵译本）

1929年3月16日

下

以下算是我的头痛医头脚痛医脚观，也是闲话（依鲁迅"并非闲话"例）。闲话不能一变而为政策乃事实所限，并非有什么不愿，否则，我何必说什么"银成没奈何"。

因此，我也不肯承认这是成见，"见"或有之，"成"则未也。说凡见必成（依有土皆豪，无绅不劣例），岂非等于说健谈者惟哑巴，能文者须曳白乎？

人的事业不外顺自然之法则以反自然，此固中和中庸之旧说也。造化本不曾给我们以翅膀，如我们安于没翅膀，那就一了而百了。无奈我们不甘心如此，老想上天，想上天便不是自然。又如我只是"想"上天，朝也想，暮也想，甚而至于念咒掏诀召将飞符，再甚而至于神经错乱，念念有词"玉皇大帝来接我了！纯阳祖师叫哩！"这也未始不反自然，却也不成为文化。一定要研究气体的性质，参考鱼儿浮水，鸟儿翔空的所以然，方才有一举飞过大西洋，再举飞绕全世界的成绩。这是空前的记录，然造成这记录的可能，在大自然里老早就有，千百年来非一日矣。若相信只要一个筋斗就立刻跳出他老人家的手底心，岂非笑话。

举例罢了，触处皆是。在教育上，所谓自然，便是人性。可惜咱们的千里眼，天边去，水底去，却常常不见自己的眉睫，我们知道人性最少哩。专家且如此，况我乎。

在此冒昧想先说的只有两点。第一，人性是复合的，多方面的。若强分善恶，我是主张"善恶混"的。争与让同是人性，慈与忍同是人性，一切相对待的同是人性。吃过羊肉锅，不久又想吃冰激淋，吃了填鸭，又想起冬腌菜来，我们的生活，常在动摇中过去，只是自己不大觉得罢了。若说既喜欢火锅，就不许再爱上冰激淋，填鸭既已有益卫生，佛手疙瘩爱可恕不了。（然而我是不喜吃佛手疙瘠的。)这果然一致得可佩，却也不算知味的君子。依这理想，我们当承认一切欲念的地位，平等相看，一无偏向，才是正办。

第二，理想之外还有事实。假设善恶两端而以诸欲念隶之，它们分配之式如何呢？四六分三七分？谁四而谁六，谁三而谁七呢？这个堪注意。再说诸欲念之相处，是争竞是揖让呢？是冲突是调和呢？如冲突起来谁占优势，谁居劣败呢？这些重要的谜，非但不容易知道，并且不容易猜。

尝试分别解之。欲念的分配，大概随人而异。有骨有肉的都是人，却有胖瘦之别。有胖瘦，就有善恶了。所剩下的，只是谁胖谁瘦，谁善谁恶的问题。胖瘦在我们的眼里，善恶在我们的心中。"情人眼里出西施"。眼睛向来不甚可靠，不幸心之游移难定，更甚于眼。所以我们大可不必信口雌黄，造作是非，断定张家长李家短；我们也不必列欲念为范畴，然后 $a+b=c$ 这样算起来；我们更不必易为方程式，如 HZO。这只有天知道。

它们相处的光景，倒不妨瞎猜一下。猜得着是另一问题。以常识言，它们总不会镇天价彬彬揖让哩。虽然吃素念佛的人同时可以做军阀，惟军阀则可耳。常在冲突矛盾中，我们就这样老老实实的招出来吧。至于谁胜谁负，要看什么情形，大概又是个不能算的。都有胜负的可能吧，只好笼统地说。

细察之，仿佛所谓恶端，比较容易占优势些。这话说得颇斟酌，然而已着迹象了，迥不如以前所说的圆滑。箭在弦上不得不发，盖亦苦矣。且似乎有想做孙老夫子私淑的嫌疑。以争与让为例，

（争未必恶，让未必善，姑且说说。）能有几个天生的孔融？小孩子在一块，即使同胞姊妹，终归要你抢我夺的。你若说他们没有礼让之端，又决不然。只是礼让之心还敌不过一块糕一块饼的诱惑罢了。礼让是性，爱吃糕饼多多益善也是性，其区别不在有无，只在取舍。小孩子舍礼让而就争夺，亦犹孟老爹山东老，不吃鱼而吃熊掌也，予岂好吃哉，予不得已也。食色连文，再来一个美例，却预先讲开，不准缠夹二。二八佳人荡检逾闲，非不以贞操为美也，只是熬不住关西大汉、裙屐少年的诱惑耳。大之则宇宙，小之则一心，不是东风压倒西风，就是西风压倒东风，永远不得太平的。我们所见为什么老是西北风刮得凶，本性主之乎，环境使然乎，我们戴了有色眼镜乎？乌得而知之！专家其有以告我耶？

准以上的人性观，作以下的教育论。先假定教育的目的，为人性圆满的发展。如人性是单纯的，那么教育等于一，一条直线的一；如人性是均衡的，那么教育等于零，一个圈儿的零，惟其人性既复杂而又不均衡，或者不大均衡，于是使咱们的教育专家为了难，即区区今日，以非教育家之身，亦觉有点为难了。

对于错综人性的控驭，不外两个态度：第一是什么都许，这是极端的软性；第二什么都不许，这是极端的硬性，中间则有无数阶段分列二者之下。硬性的教育总该过时了吧。——这个年头也难说。总之"莫谈国事"为妥。且从上边的立论点，即不批评也颇得体。在此只提出软性教育的流弊。即使已不成问题，而我总是眼看着没落的人了，不妨谈谈过时的话。

若说对于个性，放任即发展，节制乃摧残，这是错误的。发展与摧残，在乎二者能得其中和与否，以放任专属甲，摧残专属乙，可谓不通。节制可以害个性，而其所以致害，不在乎节制，而在节制的过度；反之，放任过度亦是一种伤害，其程度正相类。这须引前例，约略说明之。小孩子抢糕饼吃不算作恶，及其长大，抢他人的财物不算为善。其实抢糕饼是抢，抢金银布帛也是抢，不见有什么性质上的区别，只是程度的问题。所以，假使，从小到大，什么都许，则从糕饼到金银，从金银到地盘，从地盘到国家，决非难事。——不过抢夺国家倒又不算罪恶了，故曰"窃国者侯"。——原来当小孩子抢吃糕饼时，本有两念，一要抢一不要抢是也。要抢之念既占优势，遂生行为，其实不要抢之念始终潜伏，初未灭亡。做父母师长的，不去援助被压迫的欲念，求局面之均衡，反听其强凌弱，众暴寡，以为保全个性的妙策；却不知道，吃糕饼之心总算被你充分给发展了（实则畸形的发达，即变相的摧残），而礼让之心，同为天性所固有，何以独被摧残。即使礼让非善，争夺非恶，等量齐观，这样厚彼而薄此，已经不算公平，何况以区区之愚，人总该以礼让为先，又何惧于开倒车！

不平是自然，平不平是人为，可是这"平不平"的可能，又是自然所固有的，却非人力使之然。一切文化都是顺自然之理以反自然，教育亦只是顺人性之理以反人性。

说说大话罢哩，拿来包办一切的方案，我可没有。再引前例，小孩们打架，大欺小，强欺弱，以一概不管为公平，固然不对，但定下一条例，说凡大的打小的必是大的错，也很好笑。因为每一次打架有一次的情形，情形不同，则解决的方法亦应当不同，而所谓大小强弱也者，皆不成为判断的绝对标准。以争让言之，无条件打倒礼让与遏止争竞是同样的会错，同一让也而此让非彼让，同一争也而此争非彼争。以较若画一的准则控驭蓄变的性情，真是神灵的奇迹，或是专家的本领。

而我们一非神灵，二非专家，只会卑之无甚高论，只好主张无策之策，无法之法为自己作解，这就是头痛医头，脚痛医脚。平居暇日，以头还头，以脚还脚，大家安然过去，原不必预先订下管理大头和小脚的规则几项几款。若不幸而痛，不幸痛得利害，则就致痛之故斟酌治之，治得好侥天之幸，治不好命该如此。自己知道腐化得可以，然而得请您愿谅。

这也未始不是一块蛋糕，其所以不合流行的口味者，一是消极，二是零碎。它不曾要去灌输某种定型的教训，直待问题发生，然后就事论事，一点一滴的纠正它，去泰，去甚，去其害马者。至于何谓泰，何谓甚，何谓害马者，一人有一人的见解，一时代有一时代的口号——是否成见，我不保险。我们都从渺若微尘的立脚点，企而窥探茫茫的宙合。明知道这比琉璃还脆薄，然而我们失却这一点便将失却那一切，这岂不是真要没落了；既不甘心没落，我们惟有行心之所安，说要说的话。

是《古文观止》的流毒罢，我至今还爱柳宗元的《驼子传》[1]。他

---

1 指柳宗元的《种树郭橐驼传》。

讲起种树来,真亲切近人,妩媚可爱,虽然比附到政治似可不必。我也来学学他,说个一段。十年前我有一篇小说《花匠》[1],想起来就要出汗,更别提拿来看了,却有一点意见至今不曾改的,就是对于该花匠的不敬。我们走进他的作坊,充满着龙头,凤尾,屏风,洋伞之流,只见匠,不见花,真真够了够了。我们理想中的花儿匠却并不如此,日常的工作只是杀杀虫,浇浇水,直上固好,横斜亦佳,都由它们去:直等到花枝戳破纸窗方才去寻把剪刀,直到树梢扫到屋角方才去寻斧柯虽或者已太晚,寻来之后,东边去一尺,西边去几寸,也就算修饰过了。时至而后行,行其所无事,我安得如此的懒人而拜之哉!

1929年3月18日,北平

1　此文后承蒙鲁迅先生收入《中国新文学大系》"小说"部分中,甚为惶愧。

贤明的——聪明的父母

这是一个讲演的题目，去年在师大附中讲的。曾写出一段，再一看，满不是这么回事，就此丢开。这次所写仍不惬意，写写耳。除掉主要的论旨以外，与当时口说完全是两件事，这是自然的。

照例的引子，在第一次原稿上写着有的，现在只删剩一句：题目上只说父母如何，自己有了孩子，以父亲的资格说话也。卫道君子见谅呢，虽未必，总之妥当一点。

略释本题，对于子女，懂得怎样负必须负的责任的父母是谓贤明，不想负不必负的责任是谓聪明，是一是二，善读者固一目了然矣，却照例"下回分解"。

先想一个问题，亲之于子（指未成年的子女），子之于亲，其关系是相同与否？至少有点儿不同的，可比作上下文，上文有决定下文的相当能力，下文则呼应上文而已。在此沿用旧称，尽亲之道是上文，曰慈；尽子之道是下文，曰孝。

慈是无条件的，全体的，强迫性的。何以故？第一，自己的事，只有自己负责才合式，是生理的冲动，环境的包围，是自由的意志，暂且都不管。总之，要想，你们若不负责，那么，负责的是已死的祖宗呢，未生的儿女呢，作证婚介绍的某博士某先生呢，拉皮条牵线的张家婶李家姆呢？我都想不通。第二，有负全责的必要与可能，我也想不出有什么担负不了的。决定人的一生，不外先天的遗传，后天的教育。遗传固然未尽是父母的责任，却不会是父母以外的人的。教育之权半操诸师友，半属诸家庭，而选择师友的机会最初仍由父母主之。即教育以外的环境，他们亦未始没有选择的机会。第三，慈是一种公德，不但须对自己，自己的子女负责，还得对社会负责。留下一个不尴不尬的人在世上鬼混，其影响未必小于在马路上啐一口痰，或者"君子自重"的畸角上去小便。有秩序的社会应当强迫父母们严守这不可不守，对于种族生存有重大意义的公德。

这么看来，慈是很严肃的，决非随随便便溺爱之谓，而咱们这儿自来只教孝不教慈，只说父可以不慈，子不可以不孝，却没有人懂得即使子不孝，父也不可不慈的道理；只说不孝而后不慈，天下无不是的父母，却不知不慈然后不孝，天下更无不是的儿女，这不但是偏枯，而且是错误，不但是错误，而且是颠倒。

孝是不容易讲的，说得不巧，有被看作洪水猛兽的危险。孝与慈对照，孝是显明地不含社会的强迫性。举个老例，瞽瞍杀人，舜窃负而逃，弃天下如敝屣，孝之至矣；皋陶即使会罗织，决不能证舜有教唆的嫌疑。瞽瞍这个老头儿，无论成才不成才，总应当由更老的他老子娘去负责，舜即使圣得可以，孝得可观，也恕不再来负教育瞽瞍的责任，他并没有这可能。商均倒是他该管的。依区区之见，舜家庭间的纠纷，不在乎父母弟弟的捣乱，却是儿子不争气，以致锦绣江山，丈人传给他的，被仇人儿子生生抢走了，于舜可谓白璧微瑕。

他也是只懂得孝不懂得慈的，和咱们一样。

　　社会的关系既如此，就孝的本身说，也不是无条件的，这似乎有点重要。我一向有个偏见，以为一切感情都是后天的，压根儿没有先天的感情。有一文叫做感情生于后天论，老想做，老做不成，这儿所谈便是一例。普通所谓孝的根据，就是父母儿女之间有所谓天性，这个天性是神秘的，与生俱生的，不可分析的。除掉传统的信念以外，谁也不能证明它的存在。我们与其依靠这混元一气的先天的天性，不如依靠寸积铢累的后天的感情来建立亲子的关系，更切实而妥帖。详细的话自然在那篇老做不出的文章上面。

　　说感情生于后天，知恩报恩，我也赞成的。现在讨论恩是什么。一般人以为父亲对于子女，有所谓养育之恩，详细说，十月怀胎，三年乳哺，这特别偏重母亲一点。赋与生命既是恩，孩子呱呱堕地已经对母亲，推之于父亲负了若干还不清的债务，这虽不如天性之神秘，亦是一种先天的系属了。说我们生后，上帝父亲母亲然后赋以生命，何等的不通！说我们感戴未生以前的恩，这非先天而何？若把生命看作一种礼物而赋予是厚的馈赠呢，那么得考量所送礼物的价值。生命之价值与趣味恐怕是永久的玄学上的问题，要证明这个，不见得比证明天性的存在容易多少，也无从说起。亲子的关系在此一点上，是天行的生物的，不是人为的伦理的。把道德的观念建筑在这上面无有是处。

　　亲子间的天性有无既难定，生命的单纯赋与是恩是怨也难说，传统的名分又正在没落，孝以什么存在呢？难怪君子人惴惴焉有世界末日之惧。他们忽略这真的核心,后天的感情。这种感情并非特别的,只是最普通不过的人情而已。可惜咱们亲子的关系难得建筑在纯粹的人情上,只借着礼教的权威贴上金字的封条,不许碰它,不许讨论它,一碰一讲,大逆不道。可是"世衰道微"之日,顽皮的小子会不会想到不许碰,不许讲,就是"空者控也,搜者走也"的一种暗示,否则为什么不许人碰它,不许人讨论它。俗话说得好:"为人不作亏心事,半夜敲门鬼不惊。"

人都是情换情的,惟孝亦然。上已说过慈是上文,孝是下文,先慈后孝非先孝后慈,事实昭然不容驳辩。小孩初生不曾尽分毫之孝而父母未必等他尽了孝道之后,方才慢条斯理不慌不忙地去抚育他,便是佳例。所以孝不自生,应慈而起,儒家所谓报本反始,要能这么解释方好。父母无条件的尽其慈是施,子女有条件的尽其孝是报。这个报施实在就是情换情,与一般的人情一点没有什么区别。水之冷热饮者自知,报施相当亦是自然而然,并非锱铢计较一五一十,亲子间真算起什么清账来,这也不可误会。

孝是慈的反应,既有种种不等的慈,自然地会有种种不等的孝,事实如此,没法划一的。一个人对于父母二人所尽的孝道有时候不尽同。这个人的与那个人的孝道亦不必尽同。真实的感情是复杂的,弹性的,千变万化,而虚伪的名分礼教却是一个冰冷铁硬的壳子,把古今中外付之一套。话又说回来,大概前人都把亲子系属看作先天的,所以定制一块方方的蛋糕叫做孝;我们只承认有后天的感情,虽不"非孝",却坚决地要打倒这二十四孝的讲法。

我的说孝实在未必巧，恐怕看到这里，有人已经在破口大骂，"撕做纸条儿"了。这真觉得歉然。他们或者正在这么想：父母一不喜欢子女，子女马上就有理由来造反，这成个甚么世界！甚么东西！这种"生地蛮吜打儿"的口气也实在可怕。可是等他们怒气稍息以后，我请他们一想，后天的关系为什么如此不结实？先天的关系何又如此结实？亲之于子有四个时期：结孕，怀胎，哺乳，教育，分别考察。结孕算是恩，不好意思罢。怀胎相因而至，也是没法子的。她或者想保养自己的身体为异日出风头以至于效力国家的地步，未必纯粹为着血胞才谨守胎教。三年乳哺，一部分是生理的，一部分是环境的，较之以前阶段，有较多自由意志的成分了。至离乳以后，以至长大，这时期中，种种的教养，若不杂以功利观念，的确是一种奢侈的明智之表现。这方是建设慈道的主干，而成立子女异日对他们尽孝的条件。这么掐指一算，结孕之恩不如怀胎，怀胎之恩不如哺乳，哺乳之恩不如教育。越是后天的越是重要，越是先天的越是没关系。

　　慈之重要既如此，而自来只见有教孝的，什么缘由呢？比较说来，慈顺而易，孝逆而难，慈有母爱及庇护种族的倾向做背景——广义的生理关系——而孝没有；慈易而孝难。慈是施，对于子的爱怜有感觉的张本，孝是报，对于亲之劬劳，往往凭记忆想象推论使之重现；慈顺而孝逆。所以儒家的报本反始，慎终追远论，决非完全没有意义的。可是立意虽不错，方法未必尽合。儒家的经典《论语》说到慈的地方已比孝少得多，难怪数传以后就从对待的孝变成绝对的孝。地位愈高，标准愈刻，孝子的旌表愈见其多而中间大有《儒林外史》的匡超人在，这总是事实罢。他们都不明白尽慈是教孝的惟一有效的方法，却无条件地教起孝来，其结果是在真小人以外添了许多的伪君子。

慈虽为孝的张本，其本身却有比孝更重大的价值。中国的伦理，只要矫揉造作地装成鞠躬尽瘁的孝子，决不想循人性的自然，养成温和明哲的慈亲，这于民族的生存和发展，有相当重大的关系。积弱之因，这未必不是一个。姑且用功利的计算法，社会上添了一个孝子，他自己总是君子留点仪刑于后世，他的父母得到晚年的安享，效用至多如此而已，若社会上添一慈亲，就可以直接充分造就他的子女，他的子女一方面致力于社会，一方面又可以造就他的子女的子女，推之可至无穷。这仍然是上下文地位不同的原故。慈顺而易，孝逆而难，这是事实；慈较孝有更远大的影响，更重大的意义也是事实。难能未必一定可贵。

能够做梦也不想到"报"而慷慨地先"施"，能够明白尽其在我无求于人是一种趣味的享受，能够有一身做事一身当的气概，做父母的如此存心是谓贤明，自然实际上除掉贤明的态度以外另有方法。我固然离贤明差得远，小孩子将来要"现眼"，使卫道之君子拍手称快，浮一大白也难说；可是希望读者不以人废言。好话并不以说在坏人嘴里而变坏。我不拥护自己，却要彻底拥护自己的论旨。

但同时不要忘记怎样做个聪明的。儿女成立以后亲之与子，由上下文变成一副对联——平等的并立的关系。从前是负责时期，应当无所不为；现在是卸责时期应当有所不为。干的太过分反而把成绩毁却，正是所谓"蛇固无足，子安能为之足"。

慈道既尽卸责是当然，别无所谓冷淡。儿女们离开家庭到社会上去，已经不是赤子而是独立的人。他们做的事还要我们来负责，不但不必，而且不可，把太重的担子压在肩头，势必至于自己摔跤而担子砸碎，是谓两伤。从亲方言，儿女长大了，依然无限制无穷尽地去为他们服务，未免太对不起自己。我们虽不曾梦想享受儿孙的福，却也未必乐意受儿孙的累。就子方言，老头子动辄下论旨，发训话，老太太说长道短，也实在有点没趣，即使他们确是孝子。特别是时代转变，从亲之令往往有所不能，果真是孝子反愈加为难了。再退一步，亲方不嫌辛苦，子方不怕唠叨，也总归是无趣的。

看看实际的中国家庭，其情形却特别。教育时期，旧式的委之老师，新派交给学校，似乎都在省心。直到儿女长成以后，老子娘反而操起心来，最习见的，是为儿孙积财，干预他们的恋爱与婚姻，这都是无益于己，或者有损于人的玩意儿。二疏说"贤而多财则损其志，愚而多财则益其过"真真是名言，可是老辈里能懂得而相信这个意思的有几个，至于婚姻向来是以父母之命为成立的条件的，更容易闹成一团糟，这是人人所知的。他们确也有苦衷，大爷太不成，不得不护以金银钞票，大姑娘太傻不会挑选姑爷，老太爷老太太只好亲身出马了。这是事实上的困难，却决不能推翻上述的论旨，反在另一方面去证明它。这完全是在当初负责时期不尽其责的原故，换言之，昨儿欠了些贤明，今儿想学聪明也不成了。教育完全成功以后，岂有不能涉世，更岂有不会结婚的，所以这困难决不成为必须干涉到底的口实。

聪明人的特性，一是躲懒，一是知趣，聪明的父母亦然。躲懒就是有所不为，说见上。知趣之重要殆不亚于躲懒。何谓知趣？吃亏的不找账，赌输的不捞本，施与的不望报。其理由不妨列举：第一，父母总是老早成立了，暮年得子女的奉侍固可乐，不幸而不得，也正可以有自娱的机会，不责报则无甚要紧。不比慈是小孩子生存之一条件。第二，慈是父母自己的事，没有责报的理由。第三，孝逆而难，责报是不容易的。这两项上边早已说过。第四，以功利混入感情，结果是感情没落，功利失却，造成家庭鄙薄的气象，最为失算。试申说之。

假使慈当作一般的慈爱讲，中国家族，慈亲多于孝子恐怕没有问题的。以这么多的慈亲为什么得不到一般多的孝子呢？他们有的说世道衰微人心不古啦，有的说都是你们这班洪水猛兽干的好事啦，其实都丝毫不得要领。在洪水猛兽们未生以前，很古很老的年头，大概早已如此了，虽没有统计表为证。根本的原因，孝只是一种普通的感情，比起慈来有难易顺逆之异，另外有一助因，就是功利混于感情。父母虽没有绝对不慈的（精神异常是例外），可是有绝对不望报的吗？我很怀疑这分数的成数，直觉上觉得不会得很大。所谓"养儿防老，积谷防饥"，明显地表现狭义的功利心。重男轻女也是一旁证，儿子胜于女儿之处，除掉接续香烟以外，大约就数荣宗耀祖了。若以纯粹的恋爱为立场，则对于男女为什么要歧视如此之甚呢？有了儿子，生前小之得奉侍，大之得显扬，身后还得血食，抚养他是很合算的。所持虽不甚狭，所欲亦复甚奢，宜有淳于髡之笑也。他们只知道明中占便宜，却不觉得暗里吃亏。一以功利为心，真的慈爱都被功利的成分所掺杂，由掺杂而仿佛没落了，本来可以唤起相当反应的感情，现在并此不能了。父责望于子太多，只觉子之不孝；子觉得父的责望如此之多，对于慈的意义反而怀疑起来。以功利妨感情，感情受伤而功利亦乌有，这是最可痛心的。虽不能说怎样大错而特错，至少不是聪明的办法呢。

聪明的父母，以纯粹不杂功利的感情维系亲子的系属，不失之于薄；以缜密的思考决定什么该管，什么恕不，不失之于厚。在儿女未成立以前最需要的是积极的帮助，在他们成立以后最需要的是消极的不妨碍。他们需要什么，我们就给他们什么，这是聪明，这也是贤明。他们有了健全的人格，能够恰好地应付一切，不见得会特别乖张地应付他们的父母，所以不言孝而孝自在。

截搭题已经完了，读者们早已觉得，贤明与聪明区别难分，是二而一的。聪明以贤明为张本，而实在是进一步的贤明。天职既尽，心安理得，在我如此，贤明即聪明也；报施两忘，浑然如一，与人如此，贤明又即聪明也，聪明人就是老实人，顶聪明的人就是顶老实的人，实际上虽不必尽如此，的确应当是如此的。

1930年7月24日

"标语"

前跋殊有未尽之意，引而申之。我觉得标语总还是时髦的，咱们不妨也来个两张，区区想贴在东四牌楼的有八个大字，"说自己的话，老实地。"——排字人注意，正文至此已完，以下都是注解。

说自己的话，该跋文中曾言之矣，可不大清楚。譬如说我吃饭，我拉屎，这的确是自己的话了，是文学吗？不是的。为什么不是？再说病人的谵语，睡人的呓语，酒人的醉语，虽一字不辨，的确为某人所特有的，是文学吗？不是的。为什么不是。这都需要一些注疏。所谓自己的话用在文艺上，我以为得加一种限制只八个字，"己所独有，可通于人。"

独有自然不是绝对的，第一，日光之下无新物，第二，绝对的独有，无可通于人之理，显与下文相犯。既然不是绝对的，那没指的是什么呢？不抄袭不雷同之谓欤？然哉然哉！无论是照抄，偷抄，或者虽明明张着嘴说人家的话而看不出抄的痕迹来，都叫抄袭。至于所谓我吃饭我拉屎，的的确确是自己的需要，不是抄袭了，（"因为外国人吃鸡子所以兄弟也吃鸡子"，却是珍奇的例外。）却又是一种雷同。人人都会说兄弟要吃饭，然而岂可以说人人都是文学家，人人都可以做文学家呢。这类供生活上需要的简单话不成为文学的

212

原因，别的还有，雷同至少是一个。若复杂的话，除非有意抄袭，雷同的机会是很少的。然而《文赋》上说："虽杼柚于予怀，怵他人之我先"，古人对于这一点也还是谨慎得绝不含糊。

从正面作想，怕谁都不否认文学的新和创造吧，而新和创造正是独有的另一种说法。能懂得什么叫新，则独有的意义自明；新又谈何容易呢。日光之下无新物，所谓新只是新的结合，新的解释，新的用法而已，换句话说，就是没有新的材料只有新的关系。所以我虽指斥种种的抄袭，却同时又承认文学上有所谓"化腐朽为神奇"。二者区别极微，决非没有区别，解人自堪意会的；理会不到，指点也是无益。

再说可通，请重读这"可"字。夫可通者可通也，既不是说尽通必通，也不是说不通。凡我说的写的一定要完全通过人人的心眼，这是一种合理的希望，不可尽通，不可必通，这是无奈的事实。不论你的作品话语何等的明白晓畅，然而谁也不担保不会发生误解。所以艺术生活的惟一报酬是寂寞。若不能宁耐这寂寞咬嚼出它的滋味来，那就无异放弃了从事艺术的最好资格。"文章千古事，得失寸心知"，万流宗仰的诗圣当时还不免有此怅恨。

反面一想，不通的话也是文学，多们古怪呢。阿毛阿狗尚且说得大通特通，（活象我有菲薄他们两老的意思，这真冤枉！）岂有咱们的文豪反而不呢，决不，决不。上述的谵呓醉语，不抄袭不雷同，明明有个性的，总不算文学上的自己话，其理由准此。——又想起自己来了！无论在那儿，不记得曾忽视艺术和言文的社会性，尽有以前的文字可证，却不知怎的，"蔷薇"上忽来了一刺，蔷薇多刺，或然。

更听见螺州翁说，读者方面颇有病鄙文之难懂的，较翁文盖尤甚焉。我虽有点玩世，对于这事却正正经经大着其急，寝食不安。此虽有辩解之处，却总不失为一种毛病。病的症结在读者，在作者呢，还没晓得，总之不是一件好事，不是使我愉快的事，读者纳闷更不待言。记得小时候，开蒙老师曾训我以作文四字诀"深入显出"，惭愧古稀之年行将及半（倚老卖老？）依然以文字难懂著称（是notorious不是famous），悲夫悲夫！

难近于不，不懂才糟呢，此难明先生之所以还在担心思也。很少有人懂，或者很不容易懂，还可以用"知我者希则我者贵"等等不长进的话来遮遮羞，至于假如当真绝对没有人懂呢，那可不大成了。虽然作者自己说它是文学，可是谁知道，天知道！为什么不是梦呓？为什么不是胡说？为什么不是醉语？为什么不是！大英阿丽司姑娘抱的小孩子，等到后来变成不多不少的一只猪的时候，干脆把它放到树林里去，说道："If it had grown up, it would have been a dreadfully ugly child; but it makes rather a handsome pig, I think,"（见《奇境记》猪与胡椒章第六）吾其为漂漂亮亮的猪乎，悲夫！说得如此的"苦脑子"，不在赞美难懂的文字，读者们或者可以相信我一点罢。

何谓老实？想什么说什么，想怎么说就怎么说之谓。这也需要解释，否则又缠夹。譬如以为要吃饭，就说吃饭，要拉屎就说拉屎，必如此表现才算老实；这是一种缠夹。又如简单地说月亮是老实，若说什么鹅蛋似的月儿，眉弯似的月子，甚而至于"闻佩响知腰细"

的月姊却是不老实;这也是一种缠夹。因为世上固多看月亮只是并不曾怎么的月亮的老妈子(事见《燕知草·眠月》一文中),却也未必没有真把月亮比做姊姊的李义山,许老妈子说老实话,也得许李义山之徒说老实话,这才是公道;然而不幸很少有人了解承认这个道理,即最初《新青年》上所发表新文学的口号,关于这一点也着实有点缠夹了。讲到这件事,可算文学史上一段伤心,当时何等轰轰烈烈,想把旁行斜出抬举起来,化为康庄大道,曾几何时,遭逢新古典派与普罗阶级的夹击,以致壁垒沉没,队伍哗散,岂不可叹可羞!虽曰天实为之,亦人谋之不臧也。大家都知道应当老实地说自己的话,可是什么叫做自己的话,怎么样才算老实,似乎未曾细想过,以为我的事总是真的,我的话总是对的,坏就坏在这个上面了。

老实也就是忠实,忠实就是诚。《易传》曰:"修辞立其诚,"诚之一字,的确点出修辞的所以然,即如《诗大序》及《礼记》上的"言之不足",也是一种妙解。下文都在发挥这些意思,大有策论之风哩。

想要老实地说话又说不大出,诚与不足联合之谓。何以会说不出?技巧之未驯与情思之过厚,二者必居一于此。技巧与情思之关系,只是追,只是追不着(说详《杂拌儿》《文学的游离与其独在》)。情思愈深厚的,说不出的痛苦也愈大,所谓"仁者其言也切",就是这个缘故。说不出,偏要说,只有勉力磨炼他的技巧;技巧进益以后,追原是追不着的,却总可以加增一些逼近的程度,也未始不是一种成功。他且以为这是在天下后世的面前,表现他自己一条最好的捷径，又何敢巧立名目迷误来学呢。至于有人以假货蒙混，当然另是一回事，殊无何等牵连，那一派没有流弊，那一家没有冒牌。

　　举两种表面上不见得老实的修辞方法为例：一是丽，词藻典故；二是曲，艰深晦涩。流弊固多，其初义也是颠扑不破的。问题不在乎这种做法可不可，而在乎它的张本（data）的有没有。有了张本，不这么做不行；没有张本，自然不必这么做，勉强要这么做也不行。这最明白，没有缠夹的余地的。若压根儿要连同张本先去经过时代的核准，否则严禁，这是一种非理性的迫压。

　　关于词藻，典故，曲的表现，详言之宜各为一文非此能尽，现在只举一点端倪。词藻的妙用，在乎能显示印象，从片段里生出完整来。有些境界可用白描的手法，有些非词藻不为功，这个道理自然也有人理会得。依我个人的偏嗜，词中的温飞卿是很懂得用词藻的；六朝文之所以大胜唐宋四六文者，会用词藻至少是一原因。词藻，文学的色泽，也是应付某种需要而生，并非无聊地东涂西抹，专以炫人耳目为业的。俗滥是不善用之故，不是词藻本身的毛病。说到典故，恐怕挨骂的机会更多。炫耀，敷衍，替代，有人误认这些个为它的真义，所以大声疾呼地“无条件打倒”，可是它的真义假如不在此，那就近于无的放矢。典故每是一种复合，拿来表现意思，在恰当的时候，最为经济，最为得力，而且最为醒豁。有时明系自己想出来的话，说出来不知怎的，活象人家说过的一般；也有时完全袭旧，只换了一两个字，或者竟一字不易，搬了一回小家，反而会像自己的话语。必须体验这些甘苦，方才能了解用典的趣味与其需要。大概可以不用词藻典故用了反坏的,宜绝对不用;用了而意思依然不见好,也不如勿用;若一用了,便大妙而特妙,则宜大用而特用,决无有意规避的必要。

《人间词话》里有这么一节:"词忌用代字,美成《解语花》之桂华流瓦境界极妙,惜以桂华二字代月耳。"王先生的话我常是佩服的,此节却颇可商量。说做词非用代字不可固非,说什么"忌用"也不必。如桂华之代月,在此实含有典故词藻两种意味。周词原作上片是:"风销焰蜡,露浥烘炉,花市光相射。桂华流瓦。纤云散,耿耿素娥欲下。衣裳淡雅,看楚女纤腰一把。箫鼓喧,人影参差,满路飘香麝。"这是实感与幻觉之错综。首三句,以实在景致起。桂华句为转折之关捩,不但状月光之波动,且仿佛感触月中桂子的香,情味渐近实幻之间。下文落入幻境,"素娥欲下,"才一点不觉突兀;否则月色一好,嫦娥就要思凡下界,未免太忙哩。想象中的素娥也还是陪客,再转出事实上的楚女来,而"纤腰"仍用上述玉溪诗意,双绾月姊,尤为巧合。自此以下皆记实事,妙以"飘香麝"作结,遥应上文"桂华",给我们以嗅觉方面,实幻两种的交错。清真之词工细绵密之甚,都此类也。依此作释,则桂华二字义别于单纯之月,不可径相代,明矣。——且词调方面,美成或更有苦心,王氏也未注意。试想月华二字何等平常,清真岂不想到在此依调法似以去平为佳,《词谱》载秦少游词用"画楼雪杪",诸家间有用上声字者,终以用去为多。杨和词"翠檐铜瓦",方和词"凤楼鸳瓦",俱遵用去声,亦可参证。

文字写了一小半,得难明先生电话,嘱到某处阅卷,头昏脑倦之后，不免又来咬嚼。他举示李易安的"诗情如夜鹊，三绕未能安"为用典之一例。诗情之徘徊宜有此等境界，恰好又能用这典故把它达出。假如不用典，把原句改为"诗情如夜鸟，环绕未能安，"通也是通的，却苦平庸；若说"诗情如夜鸟，三绕未能安"呢，未免又病生硬，况且还脱不了典故的范围。总之，何必呢，不如老实用了典的干脆。她当时之感究竟如何不可知，依所留下的成绩而论，我们今日岂不可以相信，她已经竭忠尽智地挑选了一种最逼近实感的表现，这还有什么可非议的。文学，精严地说，只应该有一个解释，就是它自己。是谓独一。

词藻典故不妨说曲的表现之一种，而曲的表现却非二者所能尽。依我见大概三分之，复杂朦胧违碍是也，亦俟异日专文论之。复杂则不清，其词缴绕；朦胧则不醒，其词惝怳；违碍则不敢，其词遮掩，三者固各有所蔽，非文词之至者，而其不悖于修辞立诚之通则，则一也。有了一种心境，就应当有一种相当的文字去表现它，人家能懂最好，不懂也只好由他。这个不懂，与其说由于文字的障碍，不如说是心境的隔膜。人与人的相互了解是有限的，更有什么好法子呢！"辞达而已矣，"天下之公言也；幸而得达，作者读者所同愿也；不幸而不达，作者读者所同恨也。我辈不能尽通古人时贤之意，岂可望天下后世尽通我辈之意哉！

曲的表现每造成不可懂的文风，然而又有区别：艰深、晦涩，与没有意思是也。艰深者，作意遥深，言厄于意之谓，乍看似不通晓，细按则条理分明，虽未必就是第一流，却不失为高等的文学。晦涩者文词芜杂，意厄于言，所谓深入不能显出，一看固然不懂，再看还在渺茫，即算它是文学吧，也决不是很好的。艰深是一种没奈何，好比文学的本身病；晦涩是可以救药的，类似艰深的一种外感而已。我们没法化艰深为不艰深，应该有法化晦涩为不晦涩，二者性质有别，不是难懂程度深浅的问题。至于没有意思，那就是没有意思，更无第二个说法。左看也不懂，右看也不懂，看杀也不懂，这有什么可说的。他叫它什么，我们跟着叫它什么好了，责任当然由作者自负。

三者之外更有一种，以艰深文其浅陋是也。意思原是很浅近的，既非艰深，也非没有意思；表现方法是故意的迂曲，所以又不能算晦涩。这种冒牌，只好请主顾先生们自己小心点吧。凡开陆稿荐王麻子的招牌上都写着"真"，"老"，"真正"，"真正老"，对于主顾真麻烦哩，可是有什么法子呢。因为开店的想自居于真正老牌，这是一种人情，岂有自己声明了"我冒牌"而后冒牌的。

以文字难懂著称的我们将居于何等？谁知道！将自居于何等呢？谁好意思说，——纵然"戏台里喝采"原是颇有意思的事情。匍伏于道统之下，飞奔于时代之前，我们虽有所不屑，自欺欺人，倚老卖老，我们又何敢呢；这已大有"戏台里喝采"的味儿了，还不如就此"打住"的好。

1930年9月

（选自上海开明书店1933年2月版《杂拌儿之二》）

贡献给今日的青年

我们要起信，信自己的力量；信中国是可救，是应救的；信我们是可以救中国，我们是应当救中国的。即使目前不能得救，我们要手造得救的因缘。"前人种树，后人乘凉"，我们就是要种树。这信念要切实地把持它。不存此心，不得名为中国人。

我们要建设道德，它是民族、国家、社会的基石。道德并不是几个空名词，是我们生活的、生命的急迫的需要，是好的习惯，好的趣味，好的信仰。中国人的第一毛病是"私"。贪污的果然是私，高洁的也是私。一人一心，四万万人四万万心，私为之也。私足以亡中国！要救国，须团结；要团结，须去私。否则无论什么方策，什么组织，都是无益或者有损的。我们至少要做到不敢以私废公；不敢以私害公；然后可以做到公私自然分明；然后可以做到乐公而忘私。道德的训练，此为最要。

中国譬如积年的病人，救国的工作有三个阶段：一、研究病情，二、决定方案，三、给药吃。（不肯吃要强迫他吃，一帖无效要连服，假如我们确信方案的不错。）每一个人都应该认定他工作的一部分。我们要"做事"，要"分工"，先分辨出什么是能，什么是不能，然后一定要做我们所能做的，一定不做我们所不能做的。若是者谓之尽职。

上面的话好像很乱，而我自信这是一贯的主张。

（原载1932年1月1日《中学生》月刊第二十一期）

救国及其他成为问题的条件

救国（不仅仅是救国，一般的公众事业皆然）并不成为问题，假如我们不需要。怎样一种人方才需要救国呢？

日常的生活几乎绝对不需要救国之类的，这生活的光景可分为动静两面：静的方面是保持现状，只求平安。我要活着，我老要活着，无论怎么样活法我也要活着的，狗也罢，公卿也罢，神仙也罢，我要独活着，虽有亿兆的苦难，而死的若不是区区，何妨！再进一步，以千万人的不得活成就我的独活，这大概可以不活了罢？然而不然，据说还是要活的。这么说来，求生之志，可谓坚逾金石了。等到事实上不能平安的时候可又怎么样？原来就算了。有些是有生之命定，有些却也未必，例如帝国主义的枪弹等等，而其不介意也相若。轰轰烈烈的死是苦命，糊里糊涂的死是福气。我们只知持生（仿佛捧在手里）而不知爱生，乐生，善生。我们特别怕死，却算起来，我们死得比人家又多又快。动的方面是力图进展，很想阔气。我活着哩；要活得舒齐，活得舒齐了，要活得更舒齐；活得很舒齐了，还要活得再舒齐一点……到底有几个"还要"呢？天知道！舒齐之极有如皇帝，似乎已没得想了，他还在想自己永远能如此不能（成仙）？还在想子子孙孙能永远如此不能（传代）？穷人梦里变富人，富人梦里就变猪，果然说不尽，然而也尽于此矣。这好像没有例外。好坏之别只在手段上，不在目的上。有所不为谓之好人，无所不为谓之坏人。

所谓国家之隆替，民族之存亡，与这种生活有什么关联呢？看不出！不妨武断地说，救国并不成为一个问题。果真成为问题，必另有其条件。

说起来简单万分，知道世界上有"我"还有"人"，这就是条件了。在我以外找着了别人，这是做人以来顶重要的发见，影响之广大繁多也非言词能尽。它把我们的生活弄复杂了。它把我们的生命放大了。它使我们活得麻烦，困难，而反有意思了。它或者使我们明明可活而不得活，但这不活比活或者更加有意思了。

舍己从人总是高调，知道自己以外还有别人的这种人渐渐多起来，只知道苟生独活的家伙渐渐少起来，那就算有指望了。然而又谈何容易呢！这在个人已需要长时间的、无间断的修持与努力。吾乡有谚曰："说说容易做做难"，此之谓也。

重己轻人，贪生怕死，爱富嫌贫，人之情即圣人之情也，圣人何以异于人哉？（圣人只是做君子的最高标准。）无非常人见了一端，圣人兼看两面耳。多此一见，差别遂生。孟子说，"所欲有甚于生者，所恶有甚于死者"；"有甚"也者多绕了一个弯罢了。孔子说："富与贵是人之所欲也，不以其道得之不处也；贫与贱是人之所恶也，不以其道得之不去也。君子去仁，恶乎成名。"又说："无求生以害仁，有杀身以成仁。"仁也者，多绕了一个弯而已。一个弯，又一个弯，这是使救国及其他成为问题的重要条件，即使不是惟一的；我确信如此。

在所谓士大夫阶级里，睁开眼睛，净是些明哲保身的聪明人，看不大见杀身成仁的苦小子，我竟不知道救国是一个问题不是，也不知道什么时候，在我们才会成为问题。

1931年12月21日

风化的伤痕等于零

自从读了佩弦君的《航船中的文明》（见他的集子《踪迹》，亚东出版）以后，觉得在我们这种礼义之邦，嘉范懿行，俯拾即是——尤其在一阴一阳，一男一女之间，风化所关之地。我们即使谦退到了万分，不以此傲彼鬼子，然而总可以掀髯自喜了。别人不敢知，至少当目今贞下起元的甲子年头，我是决不敢立异的。原来敝国在向来的列祖列宗的统治之下，男皆正人，女皆洁妇，既言语之不通，又授受之不亲，（鬼子诬为 tabu，恨恨！）所以轩辕氏四万万的子孙，个个都含有正统的气息的。现在自然是江河日下了！幸而遗风余韵犹有存者。如佩弦君在航船中所见所闻只不过是沧海的一粟罢。——然而毕竟有可以令人肃然的地方。

一　什刹海

我别北京有一年了。重来之日，忙忙如丧家之犬，想寻觅些什么。忽忽过了半个多月，竟毫无所得。偶然有一晚，当满街荷花灯点着的时候，我和 K、P、W、C 四君在什刹海闲步。这里有垂垂拂地的杨枝，有出水田田的荷叶，在风尘匝地的京城里，到此总未免令人有江南之思。每于夏日，由警厅特许，辟为临时营业场。于是夹道的柳阴下，鳞次栉比的茶棚，森然植立，如行军的帐幕一般了。水面枝头的自然音乐，当然敌不过嘤郁的市声了。是不是杀风景？因我非雅兴的诗人，无意作此解答。我觉得坐在茶棚底下喝喝茶，未必不比呆呆的立着，悄对着杨柳荷花好个一点。"俗不可医哉！"

茶棚的第一特色，自然是男女分座了。礼义之邦的首善之区，有了这种大防，真是恰当好处。我第一次到京，入国问禁，就知道有这醇美之俗，惊喜不能自休。无奈其他游玩场所——如中央公园城南游艺园等等——陆续都被那些狗男女给弄坏了。只剩城北一畸角的干净土，来慰怀古者的渴想。这固然寂寞极了。只聊胜于无耳。

今天，惊诧极了！W君告我，茶棚也开放了；居然也可以男女合座了。他是和他夫人同来的，所以正以得逢开禁为乐。但我呢，多少有点顽固癖——尤其当这甲子年头——不免愕然，继而怅然了。询其根由，原来只是一部分的开放，茶棚之禁令仍是依然，我听了这个，心头些微一松。

"茶"之一字似乎本身就含有维持风化的属性，我敢说地道的解释确是如此的。譬如在茶园中听戏，多少规则上要和到真光看电影不同；这是人人都有的经验。茶棚呢，亦复如此，毫无例外。喝茶总应当喝得规规矩矩，清清白白，若喝得浑淘淘哩，这像什么话！有人说："八大胡同的茶室呢，岂非例外？"我正色道："不然！不然！

这正是风流事，自古已有之，与风化何干？"做文章总得看清了题目，若一味东扯西拉，还成什么"逻辑"呢！

伤害风化的第一刀，实在不和茶相干呀。茶就是风化，如何许有反风化？这是至平常的道理。所以这一次什刹海的茶棚开禁，严格说来，简直是没有这么一回事。——您知道吗？风化等于茶了，反风化又等于什么呢？您说不出吗？笨啊！自然是咖啡呀！咖啡馆虽是茶棚的变相，但既名曰咖啡馆，则却也不能再以茶例相绳了。譬如蝴蝶是蛹变的，但到蝴蝶飞过粉墙时，还算是蛹的本领吗？自然不算数！以此推彼，名曰类推。

然而毕竟可恶啊！轻轻用了咖啡馆三个大字，便把数千年的国粹砍了一刀。鬼子何其可恶呢！象 W 君的夫妇同品咖啡，虽然已经不大高明，却也还情有可原。若另有什么 X、Y 非夫妇也者而男女杂坐着，这真是"尚复成何事体"了。我不懂，禁止发行《爱的成年》《爱美的戏剧》的北京政府，竟坐视不救，未免有溺职之诮罢。

有人说，饮了咖啡，心就迷糊了，已是大中华民国化外之民了，（依泰戈尔喝英国人的牛肉茶之例推得）敝政府只好不管。这话却也持之有故，言之成理。而且照这说法，这种咖啡馆如长久存在着，便是一个绝好的中华民国人口问题的解决所在。社会学者固然不必杞忧了，而节制生育者的妄论，除了出乖露丑以外，更将无其他的依据了。——但我替 W 君夫妇着想，如他们万一都是爱国主义者，这一荡什刹海之游，却得不偿失哩。

二　津浦道中

过了两个礼拜，我搭乘津浦车南归，又发现了一桩似乎有伤风化的事。向来津浦车中，只有头二等睡车。头等车的风纪如何，我不能悬揣，不敢论列，至二等车中，除非一家子包一房间，则向来取男女分列法的。本来，这是至情至理，同座喝茶且不能，何况同房睡觉。这本是天经地义，绝无考量之余地的。无奈近两年来，睡觉的需要竟扩充到了三等客人身上。（从前三等没有睡车，似乎是暗示三等客人原不必睡觉——或者是不配睡觉。）这不能不说是一件大怪事。可是，在这里就发生问题了。就是男女们还分不分呢？依我看，本来不成问题。二等客人要顾廉耻，难道做了三等客，便是贱骨头，应当寡廉鲜耻的吗？但是铁路人员，大概都是阶级主义的信徒，所以别有会心，毅然主张"不分"。于是——三等客人的脸皮就"岌岌乎其殆哉"了。

我自正阳门站登车后，房间差不多已占满了。只有一间，仅有男女两客——大约是夫妇——我便被茶房排入了。我无力抵抗这运命。因为我已花了一块大洋，买了一张绿色的睡票，自然不甘心牺牲。而且，从前有客车时，是不许睡；现在有睡车了，就非睡不可。（例如有一客从浦口到徐州，只要一下午便到，兀然的坐着；但他明明执着一张睡票，上写着"享用床位一夜"。我觉得有点异样。）加之我腹疾才好，本有求酣睡的需要。所以礼义廉耻且靠后一点。我便毅然入室，准备对着绿色的票子，高卧一宵了。

那两位同路的客人，骤见生客的来临，自然有点讨厌。但是，应当有六客的房间，他们俩便想占住，觉得力量本不够，所以也就退让了。双方些微的交谈了两句，（自然是对着那男人说话，千万不可误会！）他们脸上憎厌的气息渐渐消散了。接着，又来了一个男客，也得受同一的待遇。依我默察，他们心中似乎以四客一室为极大限度，决不再容第五客人进来。于是实行闭关主义。

　　到了天津东站，客又拥上了。其中有一个客人找不到铺位，非进来不可。门虽关着，但他硬把它拉开。茶房伴着他，把他塞进来。（依《春秋》笔法，当用纳字。）那两位客人有点愤怒了。（我和那一位，既非易损品，又非易损品之保护者，固然也很希望室内人少些，但却不开口。）男的开口拒绝他。理由是这样的：一房六客固然不错。但我们四人已买了四张睡票，把高低两层都占住了。如若再有第五客来，高低两层都没有他的地位，只有请到最高坐着的一法。在事实上，最高可是太高，巍巍然高哉，晚上高卧则可；若白天坐着，则头动辄要碰着天花板，发生砰砰的巨响；而脚又得悬着，荡来荡去，如檐前铁马，风里秋千，想起来决不得味。

　　这个诡辩足以战胜茶房而有余。（其实是错误的，票上明写着享床位一夜，则未及夜当然不能占有一个全床位。）无奈这位福建客人，热心于睡觉，热心于最高，和某三爷不相上下，竟把行李，连人一起搬进来了。其时那位有妇之夫，不免喃喃口出怨言，总是说，我有家眷！我有家眷！于是茶房不得不给他一点教训，说三等车中向不分男女的。自从抹了这一鼻子灰，他们脸上方有些恍然若失的样子,而安心做一双寡廉鲜耻的人。我其时深深的长叹,欲凄然泪下了。(居最高的那一位先生,后来始终挨着我们坐了,并未尝低头摔脚如上边所说的样子。)

　　这一桩事情很不容易得到一个圆满的解释。说礼教是中国人所独有,洋鬼子不能分享。但坐三等车的却未必都是"二毛子"。若以坐航船骡车的为中国人,坐火车轮船的为洋鬼子,则二三等的津浦车客同列于洋奴,何分彼此? 若说有钱的人多思淫欲,所以要加防闲;则岂非穷人爬到富人头上去了。通乎不通? 说来说去,还是上边的解释最为妥当:就是富人要脸,穷人不要脸;即使他偶然想要,也不许! 从前三等客人都不要睡觉的,现在却已要睡了(从有睡车推知之),可见是一大进步。将来礼教昌明,一旦三等客人骤然发明了"脸",并且急迫地需要它。那时津浦路局自然会因情制礼,给他们一个脸面,而定出一个男女的大防来。古人说:"衣食足而知礼义"。现在当改说,"睡觉足而知廉耻"了。三等客人发明睡觉,拢共不过两年多,就望他们并知廉耻,这本来太嫌早计了。反正,只要吃得饱饱的,喝得足足的,睡得甜甜的,脸皮之为物即使终朝彻夜在那边摇撼着,又何妨乎? 又何妨乎! 至少鄙人不大介意这个的。若如我同车的一双佳偶,一个默默的说:"我是女人! 我是女人! "一个喃喃的念:"我有家眷! 我有家眷! "这种大傻瓜即吃个眼前亏,也算不了什么。总之,千句并一句,有钱始有脸,无钱则无脸。若没有钱而想要脸面,则是全然不可能的事情。或可在未来的乌托邦中去找,而我们大中华民国决非其地,1924年决非其时,断断乎是无可疑的。

　　从上记的两件琐事,读者们可以放下一百二十四个心,风化绝无受伤的危险。佩弦君所记的航船中的文明诚哉十分卓越。而我所言却也并不推扳[1]。因为第一个例,是洋奴不知有风化;第二个例,是穷人不配有风化。以我所下的界说"风化是中华民国嫡系贵人的私有品"而言,则伤痕之为物殆等于零,而国粹的完整优越,全然没有例外了。记得同游什刹海的那一晚,P君发明了一种零发展理论(Zero Theory),这或者也可备一个例证吗? P君以为如何?

　　　　　　　　　　　　　　　　1924年7月28日,西湖
　　　　　　　　　　　　　(选自上海开明书店1928年8月版《杂拌儿》)

1　推扳。南言"不及"之意。